어쩌면 당신의 이야기

'나다움' 을 향한 다섯 가지 방법

어쩌면 당신의 이야기

'나다움'을 향한 다섯 가지 방법

김채영·박지윤·여원·장다겸·한마음

담다

들어가는 글

태어난 곳도 다르고, 걸어온 방식도 다른 다섯 사람이 만났다. 서로 다른 도시를 거닐었고, 색깔이 다른 공간을 지나쳤다. 그런 다섯 사람이 단 하나의 메시지를 전하기 위해 모였다. 각자 고유한 스타일을 지켜내고, 함께 어울려 살아가는 방법을 공유하기 위해서 말이다.

다섯 개의 악기가 저마다의 속도와 리듬을 유지하며 '삶'이라는 악보를 연주하고 있다. 그곳으로 당신을 초대한다. 이룩하기 위해 노력했지만 끝내 닿지 못한 것들, 하루하루 날마다 달력을 꼽아가면서 기다린 것들, 무언가에 홀린 사람처럼 더듬거리며 나선 길에서 마주한 것들이 마치 영화의 한 장면처럼 펼쳐질 것이다. 완벽하지는 않았지만, 어느 하나 허투루 보낼 수 없는 풍경에 한시도 눈을 뗄 수 없을 것이다.

그 얼굴, 그 순간, 그 시간, 그 마음, 그 생각.

어느 페이지에서 당신은 그 얼굴을 떠올리게 될 것이다. 그 순간 앞에서 잠시 방황할지도 모르겠다. 그 시간으로 되돌아가면 어떨까. 그 마음이 미소를 짓게 할 수도 있고, 그 생각으로 인해 속으로 울음을 삼킬지도 모르겠다. 미안하지만 그렇다면 우리로서는 기쁜 일이 아닐 수 없다. 왜냐하면, 우리의 의도는 명확했다. 당신을 어느 한 시절, 한 장면 속으로 데려가고 싶었으니 말이다.

하지만 이것만은 분명하게 기억했으면 좋겠다. 우리는 당신이 그곳에 머무르기를 바라지 않는다. 놀란 가슴으로 당황하는 모습도 원하지 않는다. 재회의 만남을 가졌다면, 위로의 시간을 보냈다면, 따뜻한 안부를 건넨 뒤 '있어야 할 곳'으로 돌아오는데, 쓰임이 있기를 진심으로 소망한다.

다섯 개의 풍경.
다섯 개의 세계.
다섯 개의 문화.
… 그리고 하나의 길, 나다움.

이들이 당신에게 길잡이 역할을 해줄 것이다. '있어야 할 곳'으로 돌아올 수 있도록 말이다. 미리 짐작하지도 말고 추측하지도 말자. 그냥 그들이 이끄는 대로 따라가 보자. 그러면 돌아오게 될 것이다. 아니, 나아가게 될 것이다. '나다움'을 향해.

기록디자이너 윤슬

차례

나는 나를 좀 더 알고 싶다 김채영

행복해질 용기 박지윤

내가 글을 쓰고 싶었던 이유 여원

사랑하는 일을 하며 살아갈 권리 장다겸

글쓰기 하길 참 잘했다 한마음

나는 나를 좀 더 알고 싶다

김채영

프롤로그

글을 쓴다는 것, 그것도 나 아닌 다른 사람이 읽는 글을 쓴다는 것이 너무나 어렵습니다. 쓰면 쓸수록 어렵다는 말만 나옵니다. 그럼에도 쓰고 있는 나는 도대체 무슨 생각일까요? 무슨 말을 전하고 싶은 것일까요?

끝없이 이런 고민을 하며 살아가는, 게으름이 특기이자 장기인 평범한 워킹맘 김채영입니다. 많은 것을 경험한 것 같지만, 또 그것이 일상인 삶을 살면서 내 안의 내가 더 행복해지기를 욕심내는 저의 이야기가 부디 즐겁기를 소망해 봅니다. 읽고 쓰고 또다시 읽고 쓰기를 반복하지만, 그 반복 속에서 나를 찾아가고 나를 더 성장하게 하는 힘이 나온다는 사실을 알았습니다. 인생의 풍파를 만날 때 이를 헤쳐 나오는 방법으로 글쓰기를 선택한 이유는 글을 쓰는 이 시간 속에서 답을 찾을 수 있을 거란 믿음이 있기 때문입니다.

저는 책에서 답을 찾아가는 것이 익숙하고 그것이 맞는다고 믿는 사람입니다. 어떤 책에서든 한 줄의 글에서 나만의 해답을 찾아 왔고 앞으로도 책에 의지하겠지만, 그것이 제게는 제일 잘 맞는 방법임을 저는 압니다. 세월은 흘러가는 것이 아니고 쌓이는 것이라고 믿으며 사는 제 이야기가 즐거움이 되길 바랍니다.

아모르 파티

이제 빼도 박도 못하는 사십 대가 되었다.

그러나 나는 아직 어른이 되지 못한 것 같다.

시간의 흐름을 느끼게 하는 것들이 있다. 아이들이 자라는 모습, 부모님의 건강 상태, 그리고 나의 새치 염색 빈도 등. 다행히 이 사회의 구성원으로 잘 살아내고 있는 것 같다.

삶이 무엇인지 여전히 잘 모르지만, 어느새 생의 한가운데 훌쩍 들어와 있어 되돌아갈 수도 없다. 나의 생이 얼마나 남아 있는지 모르지만, 지나온 시간의 삶 속에서 분명 나는 자랐을 것이다. 태어나 지금까지 겪은 수많은 일이 앞으로 살아갈 인생에 크거나 작거나 혹은 아무런 영향을 주지 못할 수도 있겠지만, 지금 나는 이전과는 다르게 살아가고픈 욕구가 생긴다. 왜 그런지 잘 모르겠다. 지금까지의 삶이 나쁘지도 슬프지도 않은데 왜 자꾸만 다르게 살고 싶은지…. 무엇이 나를 이토록 자꾸 흔드는지 모르겠지만, 지금 내 마음이 그렇다.

나는 나를 좀 더 알고 싶다.

글을 쓰면서 예전에 쓴 글을 다시 읽어 보았다. 그때의 나와 지금의 나는 얼마나 달라졌을까? 성장이란 것을 했을까? 그런 마음으로 오랫동안 한쪽에 덮어 두었던 글을 꺼내 다시 읽어 보니 달라진 내가 보였다.

그 사이 아이들도 훌쩍 자랐고, 가족들의 대소사도 생겼으며, 삶이 주는 무게가 어떤 건지도 어렴풋이 알게 되었다. 나를 알고 싶어서 쓰기 시작한 글이 정말로 나를 살아가게 하는 힘이 됨을 보여 주는 것 같다. 얼마나 감사한 일인지 이제야 알게 되었다. 나는 힘듦을 잘 얘기하지 않는 편이다. 얘기한다고 해결되지 않는다는 것을 알고 또 혼자 해결하는 것이 편하기 때문이다. 그래서 그런지 표현도 잘 하지 않게 되었다. 그렇다고 버거운 일이 없어지는 것은 아니기에 가슴속에 자꾸만 쌓여 가는 것을 느끼기도 한다.

참고, 쌓아 두고, 외면하고. 그렇게 내 안에 방 하나를 만들어 습관처럼 힘든 감정을 밀어 넣었다. 방문을 꼭 잠갔다고 생각하며 지내다가 불현듯 닫아 두었던 문이 가만히 열리면서 소리도 없이 터져 나올 때면 감당하기 버거워 혼자 허우적거리기 일쑤였다. 그러면 또다시 주문처럼 나를 다스린다. 살자. 또 살아 보자.

그렇게 나에게 주문을 걸고 내가 좋아하는 곳으로 훌쩍 떠났다가 또 훌쩍 돌아와 아무 일 없었던 것처럼 삶을 산다. 하루의 밤, 하루의 낮을 몸살을 앓으며 보내면 또 그렇게 지나

가고 말 것을 알기 때문이다. 또다시 시작된 하루를 살아내
는 것으로 대신하지만, 그 사이사이 나에게 선물을 줄 수 있
음에 잘 살고 있다고 느낀다.

감사의 믿음이라는 것

나의 하루가 긍정적인 말과 희망적인 말과 감사의 말로 가득한 날이 되기를 희망한다. 매일매일 내 입에서 나오는 수많은 말이 부정적이지 않기를 바란다. 누군가에게 가시가 되지 않기를, 그저 흘러나온 말로 상처를 입히지 않기를 바란다. 예쁜 말, 기분 좋은 말, 희망적이고 기쁨과 감사 가득한 말만 나오기를 바란다. 눈을 떠서 감기까지 그렇게 살기를 노력한다.

뭔가 거창한 인격을 갖추길 원하는 것이 아니다. 사랑만 받길 원하는 것도 아니다. 다만, 제일 먼저 눈을 뜨고 일어나 하는 말은 곧 내가 나에게 들려주는 말이기도 하기에 내가 나를 사랑하는 또 다른 방법이라 생각한다.

나는 여러 가지 이름으로 산다. 그렇기에 누구보다 많은 말을 한다. 적어도 나를 만나는 누군가에게 기분 좋은 말을 건네고 그 덕분에 나 또한 기분 좋은 날이 계속되길 바란다. 바쁜 아침 시간에 쫓기듯 차에 오르면, 나만의 루틴이 시작된다.

"감사합니다. 감사합니다. 감사합니다."

누군가에게 말하는 것은 아니지만 마치 누군가 듣고 있는 것처럼 소리 내어 말하는 나만의 의식이다.

"오늘도 감사합니다. 아침에 눈 떠서 아이들과 인사하고, 남편의 출근을 배웅하고, 저 또한 제가 가야 할 곳이 있음에 감사합니다."

늘 어제 같은 오늘이지만 또 다른 내일을 기대할 수 있기에 하루를 행복하게 시작할 수 있다. 늘 감사의 말을 한다고 해서 감사할 일만 일어나는 것은 아니지만, 그만큼 확률이 높아진다는 건 경험으로 알 수 있다.

내가 사는 아파트는 지하 주차장에 엘리베이터가 설치되어 있지 않다. 지하 1~2층 주차장에는 엘리베이터가 없고, 1층 공동 현관에서부터 엘리베이터를 이용할 수 있다. 이런 구조 때문에 비가 오거나 들고 갈 물건이 많을 땐 힘이 들고 짜증이 나기도 한다. 하지만 1층 현관 로비에서 같은 동 주민들을 만나 안부도 묻고, 아이들이 커 가는 모습도 함께 지켜볼 수 있어 참 좋다. 아파트 단지에 심긴 나무들의 변화로 계절이 바뀌는 것 또한 일찍 알게 된다.

우리 아파트는 세대당 주차 공간이 넉넉한 편이라 주차 공간 때문에 어려움을 겪지는 않지만, 지하 주차장에는 내가 특별히 선호하는 자리가 있다. 엘리베이터가 없으니 계단이 가까운 곳, 단독 주차할 수 있는 곳, 곡각지점이 아닌 곳 등을 선호한다. 그러나 사람이라면 누구나 편하고 싶은 마음이 있으니 그런 자리는 잘 비어 있지 않다. 그런 사실을 알면서도 퇴근길 집 근처에 다다를 때쯤 나는 "내 자리가 나를 기다리고 있어서 좋아"라고 말하며 주차장으로 들어간다. 그러면 어김없이 내가 좋아하는 자리가 비어 있다. "역시, 말의 힘이야! 감사합니다"를 연발하면서 기분 좋게 퇴근을 마무리하곤 한다.

물론 우연이겠지만, 매일 그렇게 비어 있는 것은 아니지만, 이처럼 선물 같은 날이 나에게는 많이 생기는 것 같다. '퇴근'이라고 쓰고 '주부 출근'이라고 읽는 그 시간이 시작되지만, 주차하고 차량 문을 잠그고 집으로 올라가는 계단에서부터 즐거운 마음으로 또 다른 시간을 맞이할 수 있으니 말이다.

매일 반복되는 일상에서 작지만 즐겁고 행복한 일이 매일 일어난다면 삶이 조금 더 기쁘지 않을까? 그래서 나는 감사의 말을 하고, 말의 힘을 믿으며 산다. 일상이 무료하고 지루하다는 것은 큰 이벤트가 없다는 것이지만 바꾸어 생각해 보면 이 또한 얼마나 감사한 일인지는 겪어 본 이들만 알기에 오늘도 감사의 인사를 한다. 지나온 인생이 결코 길지 않지만,

삶의 희로애락은 나이와 상관없이 내 삶에 오롯이 녹아드는 일인 것을 알게 된다. 부부가 되고 부모가 되니 그런 일들도 두 배가 되고, 그 두 배의 곱절만큼 마음과 시간과 애를 쓰는 일도 많다. 그러나 이 또한 삶의 시간 속에서 함께하는 감사한 일들이기에 오늘도 감사의 인사를 전한다.

살아가는 게 내 마음대로 되는 것이 아니기에 내려놓는 것도 많다. 아이들도, 부모님도, 남편도, 친구도, 직장 동료도 모두 내 일상에 깊숙이 연결되어 있지만 내 뜻대로 할 수 없어 때로는 인정하고 때로는 인내하고 때로는 외면한다. 나조차 내 맘대로 안 되는데 누가 누굴 뜻대로 움직일 수 있을까. 다만 수많은 일이 일어나는 그 순간에 내 마음이 긍정과 희망을 놓지 않기를 바랄 뿐이다. 화나고 이해되지 않는 순간에 적어도 한 번 더 생각할 수 있는 여유가 내게 있어 그 순간을 조금 더 슬기롭게 보내길 바란다.

최근 '보호자'라는 단어의 무게가 얼마나 무거운지 실감했다. 흔히 쓰는 '보호자'라는 관계는 아이들에게만 적용되는 것이 아니다. 부모님이 편찮아지는 순간 그 관계가 180도 달라진다. 나는 부모님의 자식에서 내 아이의 보호자가 되었다가, 한순간 부모님의 보호자가 되었다. 삶에서 어느 순간 어른이 되어 버리는 일이 세상에 딱 하나 있다는 것을 시어머님이 돌아가신 후에 느꼈다. 장례를 치르며 처음 상주가 되어 보니 저절로 어른이 되어 버렸다.

작년에 시어머님이 소천하셨다.
긴 투병 생활이었고, 힘든 치료를 계속하며 지내 온 시간이었다. 늘 최선을 다해 생을 살아오셨으니 마지막은 평안하시기만을 기도했다. 발병부터 마지막 모습까지 지켜보고 나니 비로소 인생의 일부분을 제대로 돌아볼 용기가 생겼다.

어머님은 참 열심히 사셨다. 나는 며느리이기도 하지만 막내라서 그런지 부모님보다는 조부모님처럼 느껴질 때가 많았다. 어머님도 내가 막내라 편하게 생각하셨을지 모르겠다. 병원에 다니실 때 매번 동행하진 못했지만 그래도 대부분은 내가 함께했다. 시부모님도 부모님이기에 당연히 해야 한다고 생각했고, 그렇게 할 수 있음에 감사했다. 그래서 그런지 어머님이 돌아가신 후 큰 회한이 남지는 않았다. 그저 당신이 평안하시기만을 바랐다. 한편으로는 펑펑 우는 남편을 보며 같이 울어 주지 못해 미안한 마음이 들기도 했지만, 그렇다고 어머님의 부재가 서럽지 않은 것은 아니었다.

몇 차례의 수술과 끊임없는 항암치료 그리고 반복되는 입원. 그런 상황에서 어머님은 무슨 생각을 하셨을까? 연세도 있으셨는데 그 힘든 치료를 어떤 마음으로 견뎌 내셨는지 궁금하다. 어머님은 큰아들의 딸들을 키우셨는데 그 아이들이

성인이 될 때까지 살고 싶다고 하셨다. 아마 평생의 숙제가 그것이었나 보다. 나 또한 아이를 키우는 엄마이다 보니 그 마음이 이해되고도 남는다. 삶을 산다는 건 이유나 목표보다 끊어지지 않는 마음이 가장 큰 원동력이 되는 것 아닐까? 어머님의 삶을 돌아보면 참 안타까운 점도 많다. 많은 일이 있었고, 말년에는 병과 치열하게 싸워야 했으니까. 그럼에도 행복한 삶이었기를 바란다.

벌써 계절이 바뀌었다. 슬픈 여름이 가고 가을을 지나 겨울을 건너고 또다시 여름이 오고 있는 지금, 남은 가족들은 별일 없이 잘 지내고 있다. 혼자 계신 아버님을 자주 뵈러 가고, 어머님이 안 계신 집도 이제는 익숙해졌다. 그렇게 걱정하시던 손녀들은 대학생이 되고 고등학생이 되었다. 어머님의 짐이 한결 가벼워졌으리라 믿는다.

겪었다고 전부 알 수는 없겠지만, 다만 남아 계신 부모님들이 오래오래 옆에 있어 주길 바랄 뿐이다. 나도 아직은 부모보다는 자식이고 싶다. 그리고 부모님의 '보호자'도 되고 싶지 않다. 힘들고 지칠 때 언제든지 "엄마!" 하고 달려가 볼 수 있도록 건강하게 오래 곁에 계시길 바란다. 문득 엄마가 보고 싶다.

뜨겁게 살자

한 번쯤은 뜨겁게 살고 싶다.

일이든 사람이든 그 무엇에 한 번은 미치고 싶다. 지금껏 무엇을 해도 뜨겁게 미쳐 본 적은 없는 것 같다. 열심히 성실하게 살아온 것은 같은데…. 성과가 없는 것 또한 아니지만 생각해 보면 늘 중간 어디까지만 하는 것 같다. 이만하면 괜찮다고, 더 하면 무리라는 생각으로 주어진 일에 나만의 최선을 다하되 딱 거기까지만이라는 생각으로 살아온 것 같다. 아니다. 생각을 하지 않았다는 표현이 맞는 것 같다.

해야 하는 일과 하고 싶은 일 사이에서 늘 우선순위는 해야 하는 일, 해내야 하는 일에 있었다. 물론 그 시간도 잘 보냈고 잘 해냈다. 그런데 점점 생각하기 버거워지는 시간이 왔다. 뭔가를 다시 하는 것도 생각이 우선되어야 하는데 그 생각조차 하지 않으니 시작도 없고 끝도 없는 그저 그런 생활이 반복되기만 하는 것이다.

입버릇처럼 나는 열심히 살아왔다고 자부했다. 그런데 '늘 열심히'는 힘이 없는 것 같았다. 성공이나 성과가 따라야만 인정받는 것 같았다. 그래서 성공이나 성과가 나오면 그것으로 만족했다. 그러다 보니 이런 생각이 들었다. 결과에 상관없이 무언가에 뜨겁게 빠져 최선의 최선을 다해 보고 싶다는. 나의 인생 후반은 그것을 찾는 여행이 되길 바란다.

누구에게나 기억에 남는 곳, 다시 가고 싶은 곳, 그곳이 여행지이든 산이든 바다이든지 그런 장소가 있기 마련이다.

나에게는 나만의 바다가 있다. 중학생 때 친구들과 처음으로 놀러 간 곳, 포항 구룡포다. 벌써 30여 년이 흘렀기에 그 모습 그대로는 아니지만 어촌 마을이 가지고 있는 기본적인 외형은 변함없는 작은 동네, 해수욕장이라고 부를 수 없을 만큼 작은 모래사장이 있는 바다. 그곳이 나의 바다다.

왜 그곳이 그렇게 좋은지는 잘 모르겠다. 열다섯 살에 처음으로 버스를 타고 친구들과 간 곳이라 기억에 강하게 남아 있다. 어른이 되어서는 잊고 지내다가 어느 날 무작정 차를 몰고 갔다. 버스로만 가 봤던 곳이라 그때 함께 갔던 친구들에게 전화하면서 물어물어 도착한 바다. 기억 속 바다보다 훨씬 작고 조용한 곳이었지만 더없이 편안했다.

그리고 눈물이 났다. 한참을 바라보다가 다시 차를 돌려 돌아와 보니 여전한 나로 돌아와 있었다. 그리곤 생각이란 걸 다시 하게 되었다. 해낼 수 있다는 힘이 생겼고 자신감도 생겼다. 그런 곳이 필요하다는 걸 알게 되었다.

나는 아직도 헤맨다. 부모로서, 직장인으로서, 자식으로서 모든 관계에서 삐걱거리면서도 적당히 굴러가고 있는 것 같다. 수많은 일이 벌어지고 그만큼 아무 일도 일어나지 않는 날이 오가면서 그럭저럭 균형을 맞추며 살고 있는 것 같다. 그런 삶 속에서 쉼이 필요할 때 갈 수 있는 곳이 있다는 사실이 나에겐 선물이다.

사랑이다

나는 첫째 딸이다.

일곱 남매 맏이인 아빠 덕분에 우리 집안에서 처음 태어난 아이였다. 아직도 은연중에 남아 있는 남아 선호 사상이 그 시절에는 더했지만 나와는 상관없었다. 공교롭게 당시 큰집의 장손인 큰아빠는 결혼하지 않으셔서 나는 증조할머니에게도 첫 손녀가 되었다.

어릴 때 사진을 보면 증조할머니나 할아버지 무릎에 앉아 밥 먹는 사진이 여러 장 있다. 이후 나의 결혼과 출산으로 우리 할머니 할아버지도 증조할머니 증조할아버지가 되었다. 자라면서 나는 남동생과 비교해 차별받은 기억이 없다. 어릴 적 유난히 허약했던 까닭에 좋은 것, 맛있는 건 늘 내 차지였다. 그렇게 사랑받고 자란 덕분인지, 우리 아이도 늘 사랑 가득한 아이로 자라길 기도한다. 사랑도 받아 봐야 줄 수 있다고 믿기에 사랑 충만한 아이가 되길 바란다. 그리고 지금도 그 사실은 변함없다.

나에게는 엄마가 둘이나 있다. 우리 막내 이모는 또 다른 엄마다. 먹고 사는 게 바빴던 시절에 맞벌이하는 엄마 아빠 대신 막내 이모가 우리 남매를 거의 키우다시피 했다. 동생은 너무 어려 기억이 거의 없지만, 나는 인생 첫 사회생활인 유치원 생활도 이모와 함께해서 그런지 너무 자연스럽다. 유치원 시절 사진에는 엄마 아빠보다 이모랑 찍은 사진이 더 많다. 우리 남매, 큰이모네 삼 남매까지 모두 막내 이모 손을 거쳤다. 짧게는 며칠, 길게는 몇 달씩 이모 집에서 먹고 자며 학교도 이모 집에서 다녔다.

이런저런 사연으로 오 남매의 막내인 이모는 두 언니의 자식들을 건사했다. 지금 생각해 보면 지금의 나보다 훨씬 더 어린 나이에 큰언니 자식 삼 남매, 둘째 언니 자식 남매, 거기다 본인의 자식들을 돌봤다. 이모의 젊은 시절은 우리의 성장과 맞바꾼 삶이었다. 그래서인지 이종사촌 간인 막내 이모네 아이들과는 사이가 더 각별하다. 어렸지만 이모의 임신과 출산도 함께했으니까. 눈이 너무 예뻤던 남동생, 귀여움을 독차지하던 여동생. 모두 함께 자랐고 그 아이들의 성장하는 모습 또한 쭉 봐 왔다.

어느 여름날밤 우리막내이모의 첫아이 이자 우리에겐 너무나 사랑스러운 막내남동생인, 키도 크고 얼굴도 잘생기고 성격도 서글서글한 그 예쁜 아이가 고3 때 혈액암을 판정받았다. 처음부터 마지막까지 투병 생활도 모두 지켜봤다. 경험이란 건 참 아프다. 새로운 것을 배우기도 하지만 몰라도 되는 것을 너무나 잘 알게 되니까. 제대혈이라는 것도 그

때 알았다. 혈액암을 치료하는 한 가지 방법은 조혈모세포를 이식하는 것인데, 그건 형제간에 일치할 확률이 높아 병동에는 배부른 엄마들이 종종 보이곤 했다. 태어날 아이의 제대혈을 미리 등록해 두려는 것이다. 나 또한 아이가 생기자 제일 먼저 제대혈을 등록했다. 그렇게 예쁜 내 동생은 나의 둘째 아이가 태어나고 한 달이 채 되지 않았을 때 세상과 작별했다.

그 아이가 투병 중일 때 사이사이 많은 일이 있었다. 나는 아이를 둘이나 출산했고, 다른 형제들도 결혼과 출산을 했다. 서로 희로애락을 함께할 수 있어 다행이라는 생각이 들었다. 가족 모두 그 아이가 떠날 때 마지막 인사를 했다. 내 이름을 부르던 모습, 그 아이의 몸을 쓰다듬는 내 손길에 아프다던 아이의 목소리가 지금도 또렷이 남아 있다. 그렇게 인사하고 돌아온 지 얼마 지나지 않아 그 아이는 세상을 떠났다.

처음 겪는 일이었다. 그리고 또다시 배웠다.
죽음은 나이와 순서에 상관없다는 것을. 가족 누구도 예상하지 못하고, 감히 상상조차 하지 못한 일이 일어난 것이다. 참 사랑스러운 아이였다. 누구보다 빛나고 예뻤던 동생이다. 꿈이 많고 끼도 많고 사랑도 가득한 아이였다.

시간이 참 빠르다는 것을 우리 아이가 자라는 것을 보고 느끼는데, 공교롭게 둘째 아이 나이가 내 동생이 곁을 떠난 시간과 같아 더 마음이 아린다. 자식 먼저 보낸 부모 마음을 그 누가 이해할 수 있을까? 감히 그 고통에 관해 논할 수조차 없기에 한동안 이모 보기가 힘들었다. 나도 부모였기에.

이제는 이모랑 이모부랑 동생이랑 그 아이 이야기를 스스럼없이 한다. 벌써 서른이 훌쩍 넘었다고, 그 아이 친구들이 하나둘 결혼한다고. 언젠가 이모는 그 아이가 외국에서 살고 있다고 생각한다고 말한 적이 있다. 그때 어떤 심정이었을까? 우리 가족은 절에 다닌다. 그곳에 그 아이의 위패가 있다. 집에서 가까운 곳이라 때때로 함께 가기도 하고, 가서 우연히 만나기도 한다. 그런 날이 있다. 가슴이 답답하거나 뭔가에 기대고 싶거나 위로받고 싶을 때 나는 혼자서 그곳에 간다. 위패를 가만히 들여다보는 것이 전부지만, 나오기 전에 마지막 기도를 드리며 그 아이의 평안을 빈다. 우리 아이들을 위해 드리는 기도는 몸과 마음이 모두 건강하고 행복한, 그리고 사랑 충만한 어른이 되길 바라는 것이다.

행복하다

올해 생일날 오랜 친구에게서 전화가 왔다.

"생일 축하해! 건강하게 잘 지내지? 사는 게 바빠서 연락도 못 했네. 그래도 카톡에 네 생일이라고 뜨길래 전화했어."

카톡 알림이 참 큰일을 하는 것 같다. 오랫동안 연락하지 않다가도 연락할 핑곗거리를 만들어 주니까. 담담히 얘기하지만 금세 목소리만으로도 우리가 지나온 시간이 떠올랐다. 어려서부터 함께 자란 우리의 십 대부터 이십 대와 삼십 대 그리고 결혼과 출산을 거쳐 현재까지. 함께 이야기할 친구가 있다는 게 얼마나 행복한 일인지 나이 드니 알 것 같다.

일 년에 한두 번밖에 통화하지 못하고, 얼굴 보는 것도 쉽지 않지만 불쑥 걸려 온 전화 한 통에 그 시절의 나로 돌아간다. 참 요술 같다. 이제는 좋은 소식보다 슬픈 소식이 더 많이 들려오는 나이가 되었다는 사실이 서글프지만, 전화기 너머 들려오는 목소리에 지난 시절의 우리를 추억할 수 있게 되니 다행이라 해야 하나?

친구도, 직장 동료도, 아이 친구들의 엄마도 각각 시기마다 만나는 인연이 있다. 초등학교, 중학교, 고등학교, 대학교,

첫 직장, 큰아이의 친구 엄마들, 둘째 아이의 친구 엄마들 등 참 많은 인연을 만나고 헤어지는 것 같다. 그 순간에는 함께 많은 것을 나누고 경험하고 추억한 것 같은데, 지나고 보면 또 지나온 시간 속에만 존재하는 기억이 있다.

시절 인연이라는 말이 있다. 그 시절에 만난 인연을 칭하는 말인데, 지나간 인연을 뜻하는 것도 같다. 사실 지나간 인연이라는 표현이 맘에 들지 않는다. 인연에 지나간 것이 어디 있겠냐마는, 그저 지금 사는 삶이 바빠 미처 챙기지 못한 인연이라 언제든지 다시 만날 수 있는 인연이라 여기고 싶을 뿐이다. 분명 그 시절에 소중하고 아름다운 인연이었을 테니.

시절 인연(時節因緣): 모든 사물의 현상은 시기가 되어야 일어난다는 의미를 지닌 불교 용어. 모든 인연에는 때가 있다는 뜻.

삶의 시간 속에서 만나는 인연이 있다. 사람으로 태어나 살면서 필연적이든 우연이든 겪어 내야 하는 사람들. 그들로 인해 내 인생의 흥망성쇠와 때론 마지막의 모습까지 바뀐다고 생각한다.

나의 시절 인연들은 갑자기 내리는 소나기처럼 왔다가, 가을 겨울 그 사이쯤에서 사라지곤 했다. 그러다가 어느 봄날의 밤처럼 다시 나타나 기쁨과 행복이 되어 주었다.

나는 지극히 현실적인 사람이다. 또 지극히 비현실적인 사람이기도 하다. 종교에 심취하지는 않지만 신은 있다고 믿으며 살아간다. 내 뜻과 내 의지로만 이 세상을 살아갈 수 없다는 것을 잘 알기 때문이다. 그걸 가장 잘 알 수 있는 것이 바로 인연인 것 같다. 내가 뜻한 대로 만날 수도 있지만 내 뜻대로 영원히 이뤄지지 않기도 하는 일이니까.

불리는 이름이 다를 뿐이지 가족이나 친척, 친구, 동료 등 그 모든 인연이 내 힘만으로 이뤄지지 않음을 잘 안다. 내가 삶을 대하는 태도 또한 이러하길 바란다. 하루하루 살아가느라 생각조차 제대로 못 하고 하루를 보내기 부지기수지만. 아주 오랜만에 만난 친구를 대하듯 시간이 많이 흘러도 익숙함을 먼저 느끼는 인연들과 함께 단조롭지만 평안하게 하루하루를 보낼 수 있길 바란다.

행복해질 용기

박지윤

프롤로그

혼자 생각을 정리하고 싶은 어느 주말. 아침 일찍 눈을 뜬 나는 도서관으로 간다. 다양한 분야의 책으로 빼곡한 도서관 서가를 쭉 훑어본다. 수많은 소설책, 자기계발서, 에세이 사이를 걷다 보면 이 책을 쓴 작가들이 부러워진다.

수많은 감정으로 뒤섞인 일상을 보내면서 시간이 지날수록 기억들이 빛바래지는 것이 아쉬웠다. 그때의 감정과 기억을 남기고자 일기장을 마련해도 얼마 가지 않았다. 붙잡고 싶은 것들이 야속한 세월 앞에 흩어지는 것을 더는 보고 싶지 않았다. 그래서 도전하게 되었다. 나도 책이라는 공간에 내 이야기를 써 보기로. 하지만 이내 이런 생각이 들었다.

'내 이야기를 쓴다 한들 누가 읽어 줄까? 궁금해할까?'

유명하지도 않고 전문가도 아니고, 고개만 돌리면 마주칠 수 있는 평범한 사람의 이야기. 자신감이 풍선에서 바람 빠지듯 사그라들었다. 공저 참여 신청 페이지의 뒤로가기 버튼을 누르려는 찰나, 눈에 띈 문구.

'글은 쓰는 사람을 위해 제일 먼저 쓰입니다.'

남에게 보여 주기 위해 쓰는 것이 아닌 나를 위해 쓰는 글. 여기저기 흩어져 있는 과거를 모아 현재라는 퍼즐을 완성하는 도전. 어떻게 살아가야 할지 알기 위해 치열하게 생각하는 시간. 찾을 수 없었던 이유가 하나둘 꽃처럼 활짝 피어나기 시작했고, 마침내 참가 신청을 위한 글을 남겼다.

뚱뚱했던 외모로 놀림당하던 어린 시절, 전공에 맞춰 입사한 첫 직장에서 퇴사한 후 떠난 무계획 세계여행, 내가 잘하는 것을 살린 두 번째 직장, 몸이 망가진 이후의 퇴사, 한 달간의 제주살이, 연고 없는 곳에서 첫 독립생활. 닮은 구석이 없다고 생각했던 퍼즐들이 모서리 꼭꼭 맞춰 들어가 현재라는 그림이 완성되었다.

우리는 길에서 무심히 스쳐 지나고, 신호를 같이 기다리고, 출입구 문을 잡아 주며 잠깐 마주칠 수 있는 평범한 사람이다. 그러나 그 평범한 사람도 반짝반짝 빛나는 조각들로 채워진 존재다. 내려앉은 먼지를 털어내고 깨끗이 닦은 인생의 파편들을 사랑스럽게 바라보니 나의 일상도, 나라는 사람도 더 존중하게 되었다. 귀한 시간을 내어 이 글을 읽는 독자들도 인생의 모든 순간을 사랑하게 되길 간절히 바란다.

아이유 - 셀러브리티

"세상의 모서리, 구부정하게 커 버린 골칫거리 아웃사이더."

내가 제일 좋아하는 노래는 아이유의 'Celebrity'다. 세상의 모서리가 어딘지는 경험해 본 사람만 알 수 있다. 누구나 마음먹기에 따라 행복해질 수 있고, 행복은 멀리 있는 게 아니라 가까이에 있다는 말. 보이지만 가 닿을 수 없는 신기루 같은 말이었다.

타지로 거처를 옮기게 되었다. 가족, 친한 친구 외에 새로운 사회적 관계가 물밀듯이 밀려오는 격동의 시기였다. 활발하지 못한 성격이라 먼저 다가가지 못했기에 말을 건네고 다가와 주는 사람들이 고마웠다. 괜한 말실수로 어렵게 사귄 친구들과 멀어질까 봐 두려워 늘 '예스'를 외쳤다. 내가 어떤 사람인지, 뭘 좋아하고 싫어하는지, 무엇을 하고 싶은지 고민하지 않았고 고민할 필요성도 느끼지 못했다. 그러면서도 나에겐 없는 장점을 가진 친구가 있으면 열등감에 휩싸였다.

가랑비처럼 스며들던 자격지심과 불안은 친한 선배의 질문에 물보라를 일으켰다. 식사 메뉴를 고를 때 늘 아무거나 먹자고 말하는 나에게 선배가 말했다.

"너는 뭘 좋아하고 싫어하는지 도통 얘기를 안 하더라."
"나? 나는 다 괜찮은데."
"너를 보면 특징을 잘 모르겠어. 너는 어떤 사람이니?"
"….."

선뜻 대답이 나오지 않았다. 내가 누구인지, 어떤 삶을 살고 싶은지, 가치관은 무엇인지, 직업이 아닌 다른 꿈이 있는지 송곳 같은 선배의 질문에 대답할 수 없었다. 단골집 라멘에서 아무 맛도 나지 않았다. 친구들과의 대화도 맥주 한잔도 의미 없게 느껴져 거짓말로 약속을 취소하고 집에 틀어박히는 날이 이어졌다.

화창한 주말 오후, 뒹굴뒹굴하다가 습관처럼 TV를 켰다. 제일 좋아하는 프로그램인 〈무한도전〉을 보며 우울함을 달래려고 이 채널 저 채널 떠돌고 있었다. 그러다가 잘생긴 남자 주인공이 나오는 〈미비포유Me Before You〉라는 영화를 우연히 보게 되었다. 불의의 사고로 전신마비 상태가 된 주인공이 그를 간병하러 온 사랑스러운 여자 주인공을 만나 마음의 상처를 회복해 가는 영화였다. 새로울 것 없고 진부한 내용일 수 있지만 고통스러운 삶을 마무리하는 한 사람의 편지가 내 머릿속에 계속 맴돌았다.

"난 내 인생을 사랑했어요. 진심으로요."

"당신이 가진 게 뭐게요? 가능성이죠. 멀리 봐요. 인생은 한 번뿐이에요. 최대한 열심히 사는 게 삶에 대한 의무예요. 자학하지 말아요. 당신은 예뻐요. 당신은 정말 특별해요."

노천카페에서 우스꽝스러운 꿀벌 스타킹을 신고 편지를 읽어 나가는 그녀가 아름다워 보였다. 왜 그랬을까?

따뜻한 말 한마디로 주변에 온기를 더했고, 그들을 행복하게 해 주었다. 자기가 가지지 않은 것에 대해 자기 비하를 하지 않고 당당했다. 가족의 생계를 떠안고 직장에서도 잘린 최악의 상황이었지만, 운명을 탓하기보다 할 수 있는 일에 집중했다. 자신을 무시하는 남자 주인공 앞에서도 주눅 들지 않고, 삶의 의지를 잃어버린 그를 웃게 할 만큼 사랑을 주는 것도 받는 것도 두려워하지 않았다.

'사지 멀쩡한 나는 내 인생을 열심히, 멋있게 가꿔 나가고 있는 걸까?'
'나는 나를 사랑하고 있는 걸까?'

안개 속에 모습을 감추고 있는 단단한 과거의 사슬이 보였다. 어린 시절 외모 때문에 놀림받으며 따돌림당했던 기억에 갇혀 자신감도 자존감도 바닥이었다. 과거를 탓하며 현재도 과거에 끌려다니고 있었다. 이제는 끊어 내야 했다. 당장 꿀벌 스타킹을 신고 당당하게 거리를 활보하지는 못하겠지만, 나 자신에게 위로와 칭찬을 건네는 연습을 시작했다.

'괜찮아. 다 지난 일이야.'
'그동안 고생 많았어. 이제부터는 오늘을 살자. 과거는 흘려보내자.'
'이제는 나를 아끼고 나의 일상을 사랑하자.'

그리고 운명같이 찾아온 전공과목 발표날. 어렵기로 악명 높은 수업이라 선배들의 재수강이 많아 수강 인원이 60~70명이나 되는 과목이었다.

주제도 어려운 '안락사'. 따돌림 이후로 사람들 앞에서 말하는 게 너무 부끄럽고 자신감도 없었는데, 가위바위보에서 져서 발표를 맡게 되었다. 대본이 닳고 닳을 정도로 달달 외웠지만 사람들 앞에 서면 머리가 하얘져 망칠까 봐 걱정이 하늘을 찔렀다. 이렇게 자신 없는 것도 과거의 사슬임을 알았지만, 끊어 내기가 쉽지 않았다. 그냥 도망가고 싶었지만 그럴 배짱은 없어서 떨리는 마음을 붙잡고 앞으로 나갔다.

수많은 눈동자가 나만 바라보던 그 순간이 아직도 눈에 선명하다. 망하더라도 끝마치기만 하자는 생각으로 발표를 시작했다. 외운 대로 잘하고 있는지 자각도 못 하는 상태로 발표를 끝내고 돌아가는 순간, 한 선배가 속삭이는 소리가 들려왔다.

"쟤, 왜 저렇게 발표 잘해?"

자리로 돌아가니 친구들이 엄지를 척 들었다. 교수님이 1학년인데도 떨지 않고 발표 잘했다고 말씀해 주셨다. 뒤이은 동기들의 발표 소리는 하나도 귀에 들어오지 않았다. 과거의 상처라는 변명을 버리고 현재의 가능성을 깨닫는 순간이었다.

'이제 사슬을 끊어 내자. 지금부터는 나를 정말 사랑해 주는 거야.'

혼자서도 완벽하게 행복했던 순간들

기억 속에 희미해진 이름 모를 초등학교와 앞산 아랫자락에 자리한 조용한 카페. 혼자 있는 순간에도 모자람 없이 완벽한 날을 보낸 나만의 장소다. 발이 편한 운동화를 신고 생각을 적을 수 있는 노트나 책 한 권 가방에 넣는다. 그리고 현관문을 열고 나와 한 번도 가 보지 않았던 곳을 향한다. 온전히 나만의 완벽한 날을 누리기 위한 나만의 방법이다.

병원 진료를 보려고 아침 일찍 집을 나선 날이었다. 유명한 교수님이라 예약이 꽉 차 있었고, 당일 접수라도 하려 했지만 안 된다고 했다. 토요일이었음을 그제야 깨달았다. 바로 집에 들어가기 싫어 아무 버스나 탔다.

한 번도 타 본 적 없는 버스였다. 버스에 앉아 노선표를 보니 큰 정류장을 제외하고는 새로웠다. 시내로 들어선 버스가 직진하면 원래 늘 가던 익숙한 방향, 좌회전하면 가 본 적 없는 새로운 곳이었다. 버스가 포물선을 그리며 크게 좌회전하는 순간 내 마음에서 무언가 일렁이는 게 느껴졌다.

아프리카 대륙 한가운데도 아니고 광활한 사막 한가운데도 아닌데 말이다. 10년 넘게 살아온 도시에서 고개만 돌리면 보이는 곳으로 가는 중인데 일렁이는 이 느낌은 무엇일까.

버스는 달리고 달렸다. 높은 빌딩들이 점점 낮아지더니 2층 짜리 주택이 줄지어 있는 조용한 동네로 들어섰다. 회색빛 은 모습을 점점 감추고 초록빛이 넘실대는 조용한 근교 마 을이 눈앞에 나타났다. 잠시 정차한 사이 노선 안내판을 보 니 오가는 노선이 별로 없었다. 새로운 곳이라 내려볼까 하 는 마음 반, 밥 먹을 식당과 쉴 카페가 있을까 하는 마음 반. 결국 지나쳤다. 새로운 경험을 하고 싶다더니 내리기를 주 저하는 내 모습에 피식 웃음이 났다. 결국 유동 인구가 적당 히 있어 보이는 곳에서 벨을 눌렀다.

내린 시간은 오전 10시. 문을 연 식당이 없어서 주위를 하 염없이 걸었다. 발길 가는 데로 걷다가 우연히 마주친 한 초 등학교 운동장. 아이들의 함성과 축구공 차는 소리가 울려 퍼지고 있었다. 살짝 배가 고팠지만 이 평화로움에 빠져들 고 싶었다. 운동장 한쪽에 있는 벤치에 가방을 베고 누워 버 렸다.

조용한 음악을 들으면서 가방에 넣어온 기욤 뮈소의 소설책 『7년 후』를 읽었다. 머리카락을 흩날려 콧잔등을 간지럽히 는 부드러운 바람과 희미하게 풍겨오는 책 냄새를 느끼며 아 무것도 생각나지 않는 평화로운 시간을 보냈다. 학교 이름 도 정류장 이름도 이제는 희미하다. 하지만 그날, 그때, 그 곳에서 느꼈던 평화로움은 아직도 생생하다.

대구로 이사 오면서 시내로 나갈 일이 많아졌다. 약속 시간에 늦지 않기 위해 부랴부랴 이동하다 보면 주위를 둘러볼 새가 없지만, 주말에는 모든 것이 가능하다. 반월당, 중앙로, 대구역이 아닌 한 번도 내려 본 적 없는 지하철역에 내린다. 이 지하철역 주변에는 무엇이 있고 어떤 유명한 곳이 있는지 아무것도 모른다. 상권이 발달한 큰길가에는 익숙한 프랜차이즈 식당, 카페가 즐비하다. 그곳에서 방향을 조금만 틀어 골목으로 들어가면 또 다른 세상이다.

벚꽃잎이 꽃비처럼 내리는 골목. 내리쬐는 햇살이 포근한 이불만큼이나 따뜻하다. 핸드폰은 무음으로 설정하고 주머니에 쏙 넣어 둔다. 그리곤 걷는다. 목적지도 없고 정해진 시간도 없다. 발길 닿는 대로, 눈길 머무는 대로, 마음대로 걷는다. 그러다가 마음에 드는 조용하고 아기자기한 카페가 나오면 '럭키!'를 외치며 이름을 기억해 둔다. 그리고 다시 걷는다. 신경 쓰고 눈치 볼 사람도 없으니 내 마음대로 하면서 머리와 마음에 쌓여 있던 잡념을 털어 내는 시간을 즐긴다.

하얀색 벽에 동그란 창문이 예쁘게 나 있던 한 카페. 문을 열고 들어서니 직접 로스팅한 커피의 향이 가득 퍼져 왔다. SNS에 알려지지 않은 곳이라 동네 주민들만 책 한 권씩 들고 오는 조용한 곳이었다. 햇살이 잘 드는 곳에 자리를 잡고 느꼈던 감정을 찬찬히 되돌아보며 종이 위에 일탈의 기록을 남겼다. '혼자서도 완벽하게 행복했던 순간들'이라는 제목으로 빈 종이를 채워 갔다.

혼자 여행, 혼술, 혼밥…. '혼자'라는 말을 외로움이 한 스푼 들어가 있는 단어로 해석해 왔다. 연결되지 않고 떨어져 있는 상태, 재미없어 보이는 상태.

초등학생 때 소풍 가는 단체버스 안에서 내 옆자리에 앉는 친구가 없어서 울었고, 대학생 때 혼자 밥을 먹다가 아는 사람을 마주치면 도망치듯 식당을 나온 적도 있다. 나를 외톨이로 보는 듯한 다른 사람들의 시선이 불편하고 두려웠던 것이다. 하지만 오늘은 부족함 없이 행복했다. 누구의 눈치도 보지 않고 온전히 나로서 행복했다.

행복과 상처 사이에서 널뛰기하듯 흔들리던 나는 그 초등학교와 카페에서 마음의 중심을 잡을 수 있었다. 혼자여도 부족한 것 없는 순간이 쌓여 어느 순간에도 행복을 찾는 힘을 기르게 되었다. 혼자 있을 때도 행복할 줄 알고, 같이 있을 때도 행복할 줄 아는 사람이 되어 가고 있다.

행복해질 용기

누구나 그렇듯 성숙하지 않았던 어린 시절, 외모로 놀림받던 때가 있었다. 또래 친구들보다 많이 나가는 몸무게와 소심한 성격 탓에 아이들의 타깃이 되곤 했다. 새로운 사회적 관계가 물밀듯이 밀려드는 대학생이 되어서도 별로 달라진 것은 없었다. 남들이 툭툭 던지는 말에 마음이 꽃처럼 활짝 피었다가 가을날 낙엽처럼 쓸쓸해지는 순간의 연속이었다. 미움받고 싶지 않았기에 내 마음을 꼭꼭 숨겼다.

직장에서 있었던 일이다. 스케줄이 꼬여 누군가는 똑같은 일을 두 번 해야 하는 상황이었다. 나는 똑같은 수업을 두 번 해야 했고, 온라인 담당 선생님은 아이들의 컴퓨터 학습을 감독만 하면 되었다. 나는 밤 10시까지 내리 수업했지만, 하루 네 시간 감독 업무만 하는 그분이 힘들어서 못 한다고 나에게 같은 수업을 두 번 하라고 했다.

"어린 선생님이 하세요. 나는 힘들어서 못 해요."

나와 띠동갑인 그 선생님은 그렇게 힘들다고 말하고는 다음 날 술 냄새를 풍기며 출근해 또 힘들다고 했다. 단 30분이라도 쉬는 시간이 있었으면 하는 마음이 굴뚝 같았지만, 그렇게 또 내 목소리를 삼켰다. 그러던 중 『미움받을 용기』라는 책을 읽게 되었다.

"자네가 불행한 것은 과거의 환경 탓이 아니네. 그렇다고 능력이 부족해서도 아니고. 자네에게는 그저 용기가 부족한 것뿐이야. 말하자면 '행복해질 용기'가 부족한 거지."

어릴 적 그런 기억들이 없었더라면, 성격이 조금만 더 대찼더라면 지금의 나는 달라졌을까.먼지 묻은 과거의 파편이 끊임없이 내 머릿속을 갉아먹는 일이 없었을까?

내 머릿속을 늘 떠돌던 문장이었다. 어벤져스에는 타임스톤이 있지만, 나에게는 없다. 과거의 일에서 벗어나기를 간절히 바라면서도 눈은 과거를 향해 있었다. 그런데 이렇게 힘든 이유가 과거 환경 탓이 아니라니? 그저 행복해질 용기가 부족한 것이라니? 그 용기는 어떻게 가지는 건데?

책을 계속 읽어 나가니 또 다른 문장이 걸어 들어왔다.

"타인이 나를 어떻게 생각하느냐. 나에 대해 어떤 평가를 내리느냐. 그것은 타인의 과제라서 내가 어떻게 할 수 있는 문제가 아니다. 나는 내 인생에 거짓말을 하지 않고 할 일만 하면 된다."

상대방의 눈빛, 말투, 행동 하나하나에 '내가 뭘 잘못했을까?', '뭐가 마음에 안 들었을까?', '뭘 더 잘해 줘야 할까?' 고민하며 내가 해결할 수 없는 문제에 매달려 고군분투해 왔다. 더는 타인의 과제에 매달리지 않아야 한다. 외모에 대한 생각과 나에 대한 타인의 평가로부터 벗어날 '용기', 그리고 내 감정과 마음의 주인이 될 '결정'이 필요하다는 것을 늦었지만 비로소 깨달았다.

자신을 지키는 법을 서툴더라도 조금씩 적용해 보기 시작했다. 직장에서 문을 열고 나서며 '그 사람의 감정은 나의 것이 아니다'라고 낮게 읊조렸다. 나만의 의식을 거행하고 집으로 향하는 길, 발걸음이 한결 가벼워지고 뒤죽박죽이던 마음이 잔잔해졌다. 너무 당연한 이야기처럼 들릴 수도 있다. 하지만 나에게는 새가 알을 깨고 나오는 것처럼 새로운 지평선을 향해 나아가는 순간이었다.

'이게 나야!'

나를 인정하고 받아들이기.
바꿀 수 있는 것과 없는 것을 구분하고 변화할 수 있는 것에 집중하기.
나를 좋아하는 사람도 있고 싫어하는 사람도 있을 수 있다는 사실을 받아들이기.

나를 좋아하는 사람이 훨씬 더 많다는 사실을 인지하기.
나를 더 좋은 모습으로 성장시킬 직언과 조언을 받아들이기.

어느 날 또다시 그 선생님이 부탁해 왔다.
"지금 아무것도 안 하고 있지? 이것 좀 대신해 줘."
"지금 할 일이 있어서 안 되겠네요. 그리고 저한테 반말하지
마세요."

늘 '알겠습니다'만 하던 사람의 예상치 못한 대답에 당황하
는 그 표정이라니. 어리다는 이유로 편하게만 대하려는 마
음을 들킨 부끄러움에 빨개지는 얼굴. 그 10초는 단단한 알
껍데기에 금이 갈라지는 순간이었다.

한 번쯤은 미친 척 도망쳐 보기

"화병(火病)입니다."

스물아홉 살 되던 해 5월, 눈이 닿는 모든 곳에 싱그러움이 피어나던 날. 맥을 짚어 보던 한의사가 말했다. 몇 년간 직장에서 쌓인 스트레스가 원인이었다. 한 달에 한 번씩 온몸을 뒤덮는 붉은 반점이 너무 간지러워 잠을 못 잘 만큼 괴로웠다. 순간순간 나도 모르게 속에서 치밀어 오르는 감정 때문에 답답했고, 잠을 하루에 3시간 이상 자지 못했다. 또 다른 증상 때문에 유명한 의사를 찾아간 적도 있었다. 모니터를 바라보던 선생님이 입을 열었다.

"지금 당장 크게 문제 되지는 않아요. 생각보다 이 질환이 있는 사람이 많거든요. 그래도 관리는 해야 합니다. 안 그러면 큰일 나요."

나에게 일어날 수도 있는 상황들을 듣고 있자니 등줄기가 서늘해졌다. 내 몸이 한 번은 쉴 때가 되었다고 보내오는 신호가 진료실을 가득 메웠다. 출근해서 상사에게 이야기했다. 솔직하게 털어놓았고 쉬고 싶다고 말했다. 오랫동안 일한 직장이라 정도 많이 쌓였는데 그만두는 게 맞을지 망설이다가 털어놓은 날이었다.

하지만 그의 한마디로 모든 감정이 정리되었다.

"여자는 결혼해서 애 낳으면 다 해결돼."

그로부터 약 한 달 뒤 직장을 그만두었다. 그런데도 직장 사람들과 얼굴 붉힐 일이 많아 불면증과 해소되지 않는 답답함은 계속되었다. 결국 노동부에 진정을 넣는 것으로 일을 마무리하고 제주도로 향하는 배에 몸을 싣고 도망쳤다. 밤새 물살을 가른 배는 다음 날 새벽 제주항에 나를 내려놓았다. 푸른 빛이 감도는 새벽이었다. 새벽 공기를 힘껏 들이마시고 탁 트인 도로를 달릴 때 시작되었다. 나의 해방.

숙소는 번화가보다 평화로운 곳을 골랐다. 아침이면 새들이 지저귀는 소리에 잠이 깼고 해 질 녘이면 하교하는 아이들의 재잘거리는 소리가 들렸다. 숙소에서 5분 거리에 있는 해변에서 파도 소리 들으며 걷고 달렸다. 이어폰이 필요 없었다. 파도가 밀려와 해변에 부딪히고 '쏴' 하며 흩어지는 물보라 소리가 평화로운 세화해변을 가득 메웠다. 나른한 오후에는 10월의 따스한 햇살과 살짝 차가워진 바람이 뒤섞인 그 완벽한 순간을 조용한 카페 야외 좌석에서 만끽했다. 몇 시간을 멍때리며 고민을 흘려보냈다. 그렇게 계속 비워낸 덕분일까. 나를 괴롭히던 면역력도 서서히 회복되기 시작했고 잠도 잘 잤다.

한달살이가 마무리되어 가는 10월 말, 11월부터 새로 시작될 직장생활을 앞두고 한라산 등반을 해 보기로 했다. 충분히 쉬었으니 산의 정상에 올랐을 때 느끼는 그 짜릿함과 성취감을 마지막으로 내 안에 채우고 돌아가기로 했다.

제주도 새벽의 찬 바람을 맞으며 성판악 코스 입구에 섰다. 처음 2시간 정도는 무난하게 걸어갔다. 하지만 올라가면 올라갈수록 경사가 기울기 시작하면서 심장이 터질 것 같았고 가쁜 숨을 내쉬니 목도 아팠다. 한국에서 제일 높은 산은 호락호락하지 않았다. 그래도 포기하기 싫었다.

이미 절반 정도 올라왔고, 무엇보다 행복했던 제주 생활을 '포기'라는 단어로 마무리하고 싶지 않았다. 나는 결국 기다시피 하며 정상을 향해 꾸역꾸역 걸어 올라갔다.

그리고 마침내, 제주의 눈부신 전경이 맞이해 주는 정상에 발을 디뎠다. 세화 앞바다에서 흘려보낸 우울과 불면증을 머금은 짙은 푸른색 바다, 동서남북 자유롭게 누빈 초록빛 대지, 그 위로 흰 도화지처럼 새로운 페이지가 되어 주듯 펼쳐진 해무.

미움, 분노, 우울을 비워 낸 머릿속에는 새로운 생각과 감정이 가득 찼다. 제주 해변을 드라이브할 때 느꼈던 자유로움,

알람 없이 눈을 뜨고 맥주 한 캔을 들고 제주 노을을 바라볼 때 느꼈던 평화로움과 행복함이 가득 영글었고, 한국의 제일 높은 곳에서 성취감도 가득 담았다.

한 번쯤은 미친 척하고 떠나도 괜찮다. 도망쳐 왔지만 그 끝에는 새로운 출발선이 그어져 있을 것이니까.

좋은 사람은 어떤 사람일까?

좋은 사람은 어떤 사람인지 생각해 보면 떠오르는 일이 몇 가지 있다. 여성 관련 범죄율 1위인 인도, 멀고도 무서운 아프리카에서 있었던 일이다.

히말라야의 나라 네팔에서 인도까지 육로로 이동하는 날. 국경까지 갔다가 비자 문제로 다시 네팔의 수도로 돌아갔다. 우여곡절 끝에 인도 바라나시행 비행기에 몸을 실었다. 전날도 이동하느라 쫄쫄 굶고 오후 늦게까지 제대로 된 밥을 못 먹은 탓에 배에서 꼬르륵 소리가 났다. 네팔 동전 몇 개가 호주머니에서 쨍그랑 소리를 내길래 혹시나 해서 세어 보았지만 물 한 병 값도 안 되었다. 비행기를 가득 채운 커피 냄새가 그렇게 황홀할 수 없었다. 체념하고 눈을 감은 채 비행기 의자에 몸을 파묻고 있었다. 그런 나를 깨운 한마디.

"저기, 커피 마실래?"
"나한테 한 말이야? 나 돈 뽑는 걸 깜빡해서….."
"괜찮아. 내가 사 줄게."
"응?"
"너의 인도 여행이 즐겁길 바라."

김이 모락모락 나는 따뜻한 카푸치노를 내게 건넨 그녀는 한국에 관심이 많았다. 친구들과도 이야기해 본 적 없는 북한 인권에 관해 대화를 나눌 정도였으니 말이다. 인도 북부를 여행할 계획이라는 내 말에 꼭 조심해야 한다며 주의 사항도 말해 주었다. 델리에서 바라나시까지 한 시간이 순식간에 지나갔다. 착륙 안내 방송이 나올 때는 인스타그램 아이디까지 이미 공유한 뒤였다.

비행기는 저녁 8시에 우리를 공항에 내려놓았다. 인도 루피를 인출해 뭐라도 사 주려고 했지만 한사코 손사래 치던 그 친구는 오히려 시내까지 태워 주겠다고 했다. 밤늦게 여자 외국인 혼자 릭샤나 택시 타는 것은 너무 위험하다는 얘기를 귀에 박히도록 들었던 까닭에 거절할 수가 없었다. 그녀를 마중 나온 친구의 차를 타고 시내로 가는 길이 점점 정체되기 시작했고, 나는 슬슬 눈치가 보였다. 이제는 진짜 내려야겠다고 생각했다. 맵을 보니 숙소와 가까웠고, 지나다니는 사람도 많았으며, 릭샤를 타면 금방 갈 수 있는 거리였다. 가방을 메고 내리려고 하니 친구가 한국 돈으로 3,000원 정도를 쥐여 주었다.

"네가 뽑은 돈은 액수가 큰 화폐라서 절대 잔돈을 못 돌려받을 거야."

머릿속에 가득 차 있던 인도에 대한 공포와 갖가지 무서운

이야기가 말끔히 씻겨 나가는 순간이었다. 태워 주겠다고 했을 때 무서운 상상을 했던 내가 너무 부끄러웠다. 갠지스 강에서 볼 수 있으면 보자고 약속하고 릭샤를 탔다. 미로처럼 얽힌 바라나시 골목골목을 헤매던 릭샤꾼과 실랑이를 하다가 결국 숙소에 도착하지 못한 채 내려 버렸다. 온종일 충전하지 못한 배터리는 어둑어둑한 골목 한가운데 나를 남겨두고 결국 꺼졌다.

"아, 진짜 망했다."

핸드폰을 무기처럼 쥐고 사방팔방으로 고개를 휙휙 돌리며 일단 밝은 가게로 들어갔다. 다행히 외국인이 많이 가는 듯한 라씨 가게였다. 양해를 구하고 핸드폰을 충전하고 있는데, 숙소가 어디냐고 물어보는 가게 직원. turn left, turn right를 반복하며 친절히 설명해 주는데 귀에 하나도 들어오지 않았다.

"모르겠어. 시간 괜찮으면 데려다줄 수 있을까?"

24시간 가까이 제대로 잠을 자지 못해 살짝 미쳤던 걸까. 제정신이 아니었던 건 확실하다. 그는 '애 뭐야…' 하는 눈으로 나를 쳐다보더니 오케이를 외쳤다.

의심의 눈초리로 경계하는 외국인에게 먼저 다가와 준 눈처럼 맑고 순수한 네팔 사람들. 혼자 여행하기 위험한 나라에 사는 사람들이 보여 준 수많은 환대와 친절. 세상의 편견을 뛰어넘게 해 준 따뜻한 마음 덕분에 그들의 나라는 나에게 가장 사랑스러운 여행지가 되었다.

우리는 다 같은 신의 자식이야

아시아 대륙을 지나 아프리카에 발을 디뎠다. 이집트에서 시작해 쭉 내려오다가 그림 같은 휴양지 잔지바르가 있는 탄자니아에 머물 때의 일이다. 숙소로 이동하기 위해 택시를 타야 하는 상황이었다. 외국인이라고 바가지를 씌우려던 택시 기사 때문에 애를 먹고 있는데 한 남성이 다가와 말했다.

"그 가격 비싼 거잖아. 원래대로 해 줘."

그 말에 화가 난 택시 기사가 남성에게 소리쳤다.
"너 어느 나라 사람이야?"
"우리는 다 같은 신의 자식이고 친구야. 우리나라 사람, 외국인 구분할 필요 없어."

택시 기사에게 괜히 삿대질을 당한 그의 옆에서 안절부절 어쩔 줄 몰라 하는 나에게 그가 건넨 한마디는 어느 보석보다 소중하고 귀중했다. 혹시 모를 일에 걱정되어 그는 함께 택시를 타고 이동하자고 했다. 숙소에 도착해 내리려고 할 때 그가 말했다.

"아프리카는 정말 멋진 곳이야. 좋은 기억으로 남길 바라. Welcome to Africa!"

아프리카를 생각하면 대부분 난민, 가난, 질병 같은 단어가 먼저 떠오른다. 같은 행성에 있지만 미지의 세계 같은 그곳. 샤워하다가 물이 툭 끊기기도 했고, 2~3일에 한 번 겨우 샤워할 수 있었던 나라도 있었다. 동양인이라고 욕을 퍼붓던 사람도 있었고, 턱없이 비싼 가격을 제시하며 거드름 피우는 숙소 주인도 있었다.

그런데도 내 마음에 아프리카는 처음 보는 외국인을 위해 기꺼이 불편한 상황을 감수하는 한 사람 덕에 감동과 환희로 가득 찬 대륙으로 남아 있다. 말라 죽을 것 같은 더위도 견딜 만했던 것 같고, 피라미드 앞에서 느꼈던 고대인들의 위대함이나 세렝게티와 빅토리아 폭포에서 느낀 자연이 주는 경이로움은 아직도 내 마음을 설레게 한다.

그들 덕분에 내 인생의 한 페이지가 풍성해지고 아름다워졌다. 그들이 내게 베풀어 준 친절과 환대에 다시 한번 그들의 나라를 여행하고 싶은 소망을 품게 되었다. 이름도 연락처도 모르지만, 불현듯 떠오를 때마다 마음속으로 행복을 빌어 주고 있다. 나는 다른 사람들에게 어떤 기억으로 남아 있을까? 각기 다른 모습일 것이다. 모든 사람에게 좋은 인상으로 남을 수는 없다는 걸 잘 안다.

그럼에도 불구하고 내가 바라는 것이 있다면, 그들이 나에게 보여 준 환대와 사랑을 다른 사람에게 더 크게 갚아 줄 수 있는 좋은 사람이 되는 것이다. 사람에 치이고 일상에 치여 마음속 못난 감정이 주위 사람들을 향할 때면 그들의 미소를 조금씩 꺼내어 마음을 달랜다. 누군가의 마음에 가뭄이 들지 않게 마르지 않는 우물을 선물할 수 있는 좋은 사람. 그들에게 배웠다.

제 진짜 취미는요

취미 : 즐기기 위하여 하는 일, 아름다운 대상을 감상하고 이해하는 힘, 감흥을 느끼어 마음이 당기는 멋 (출처: 네이버 사전)

나의 자기소개서 취미란에 등장하는 단골이 있다. '독서'다. 더 솔직하게 쓴다면 〈무한도전〉 재방송 보기, 걷기, 혼자 카페 탐방 다니기 등이다. 한때는 독서가 진부하고 평범해 보여 더 멋스러운 것이 없을까 생각했다. 7kg 넘게 감량하면서 운동에 중독되었던 적도 있고, 무작정 터미널에 가서 가장 가까운 시간에 출발하는 버스에 몸을 싣기도 했다. 이것저것 기웃거렸지만 끝까지 이어지는 건 없었다.

어느 주말 오후, 몇 달을 미루고 미룬 대청소를 시작했다. 버릴 건 버리고 정리할 건 정리하는 동안 오래된 책들에 눈길이 갔다. 수많은 위기를 극복하고 몇 년째 자리를 지키고 있는 책, 사 놓고 읽지 않은 책, 반만 읽은 책, 어디서 들고 왔는지도 모르는 책들이 켜켜이 쌓여 있었다. 케케묵은 먼지에 기침을 한가득 쏟아 내며 책장 정리를 이어 갔다. 노끈으로 묶은 책들이 현관문 입구에 가득 쌓이기 시작했고, 내 방은 한층 간결해졌다. 청소를 마무리하고 살아남은 책들을 찬찬히 살펴보았다. 그중에 모서리가 꽤 접혀 있고 겉표지가 조금 해진 책이 눈에 보였다.

비장한 궁서체로 쓰인 『여덟 단어』.

표지를 넘기니 하얀 바탕에 글이 적혀 있었다. 과거 어느 순간의 내가 적어 놓은 것이다. '한 달에 한 번은 꼭 읽기.' 언제 적었는지 기억도 나지 않지만 이걸 왜 적어 놓았는지 궁금해졌다. 그리고 앉은 자리에서 책을 모두 읽었다. 두세 시간이 순식간에 지나갔다. 머릿속 아로새겨진 도끼 자국에 정신이 얼얼했다. 감흥을 느껴 마음이 당기는 일이, 두세 시간을 집중해서 할 수 있는 일이 이렇게 가까이 있었다니. 봄을 찾아 산으로 들로 쏘다니다가 결국 집 앞마당의 벚나무에서 봄을 발견하는 순간이었다.

삶의 이정표가 된 『여덟 단어』.
당찬 모습으로 나의 정신적 지주가 된 『빨강머리 앤』.
고전에 눈을 뜨게 해준 『오만과 편견』과 『데미안』.
나를 옭아매던 인간관계와 과거로부터 해방시켜 준 『미움받을 용기』.

직접 구매한 책들이 책장에 쌓여 갔다. 한 페이지 한 페이지 읽으며 밑줄을 긋고 글귀를 모았다. 내 생각과 감정이 휘발되는 것이 아까워 블로그에 남기기 시작했고, 비슷한 사람들을 만나고자 북스타그램도 만들고 공저 쓰기 프로젝트에도 참여하게 되었다. 독서와 글쓰기라는 두 개의 큰 물줄기는 마침내 책 쓰기라는 거대한 바다를 만들어 냈다.

공저 에세이집을 내기 위해 일주일에 A4 두 페이지 정도 글을 써야 했다. 두 달간 주말에 하루는 신나게 놀고 하루는 핸드폰을 끄고 글쓰기에 집중했다. 정해진 주제 없이 내가 하고 싶은 이야기, 남기고 싶은 이야기를 내 안에서 끄집어내기 위해 자발적 고립을 선택했다. 희미해진 기억을 더듬으며 30년이라는 시간을 더듬어 보았다. 대학을 졸업하고 첫 직장에 들어가던 순간, 첫 사표를 쓴 날, 키만 한 배낭을 메고 김해국제공항으로 향하던 날의 설렘, 인간관계에 회의를 느끼고 몸도 마음도 아팠던 나날들이 내 머릿속에 방울방울 영글어져 있었다.

"네까짓 게 무슨 휴가야?
내 자존감을 짓이기던 한마디는 푹 절인 일상의 타성을 깨부수는 기폭제가 되었다.
"너의 여행이 즐겁길 바라."
친절했던 현지인들의 따뜻한 마음은 더 나은 사람이 될 수 있도록 이끌어 주는 등대가 되었다.

"지윤 쌤이 이렇게 뒤통수 칠 줄 몰랐다."
배신감에 손이 부들부들 떨리던 그의 만행은 단단한 멘탈을 가지게 해 준 사건이 되었다.

키보드를 두드리며 그 순간들을 종이 위에 풀어냈다. 뚝뚝 떨어진 점처럼 보이던 일들이 꿰매어지기 시작했다. 한 장씩 써 내려갈 때마다 평범해 보이던 나의 과거에서 의미를 발견하고, 또 다른 과거가 될 오늘을 더 열심히 살고 싶어졌다. 책장에 꽂혀 있던 책 한 권이 나를 책상에 앉혔고 글을 쓰게 만들었다. 블로그와 인스타그램에 적던 글은 나를 작가로 만들어 주었다.

독서와 글쓰기는 나를 더 알게 해 주고, 나답게 만들어 주는 진짜 취미가 되었다. 그래서 오늘도 읽고 쓴다.

2017년, 내 인생의 변곡점

2017년 1월 사직서를 냈다.

대학을 졸업하고 계약직으로 입사한 첫 직장이었다. 내가 살던 지역에서 꽤 유명한 곳에 순탄하게 취직했다는 기쁨도 잠시. 밀려드는 일을 처리하고 퇴근한 뒤 쓰러지듯 잠을 자는 생활이 반복되었다. 나에 관해 '생각'할 시간을 가지지 못한 채 시간이 흐르는 대로 살았다.

그러던 어느 날, 함께 일하던 동료가 퇴사했다. 그 자리는 곧바로 누군가로 대체되었고, 아무 일 없다는 듯 직장은 굴러갔다. 그래야만 하는 곳이었다. 불현듯 계약 기간이 끝나는 2년 뒤가 궁금해졌다. 집으로 돌아와 자리에 누웠지만 뒤숭숭한 마음에 잠이 오지 않았다. 애써 외면해 왔던 의문점이 머리를 가득 채웠다. 2년 뒤 어떤 모습을 하고 있을지 생각하니 결국은 하나의 질문으로 귀결되었다.

'나 제대로 살고 있는 걸까?'

평범하게 이어지는 일상 속, 마음 한구석에는 늘 뭔지 모를 답답함이 있었다. 사소한 이유로 맞닥뜨린 그 울렁거림은 결국 내가 원하는 모습으로 살고 싶다는 다짐으로 이어졌고, 바로 행동으로 옮겼다. 더 망설이고 싶지 않았다.

옷에 박힌 대기업의 로고를 뜯어 버리고 나오겠다는 말에 부모님과 주변 친구들이 만류했다. 취업하기 힘든 요즘 회사를 박차고 나온 다음 계획이 있냐는 말에 명확히 대답할 수 없었다. 나를 찾아 떠나겠다는 말이 허무맹랑하게 들렸을 것이고, 부모님과는 한동안 대립했다. 결국 나는 사표를 냈다.

1년 동안 모은 월급으로 여행을 떠나기로 마음먹고 첫 번째 행선지인 미얀마행 편도 티켓을 끊었다. 언제 어느 나라에서 귀국할지는 정하지 않았다. 설레는 마음에 뒤척이다가 밤을 꼴딱 새우고 공항으로 출발하는 날. 저 멀리 공항 표지판이 보이자 갑자기 무서워졌다. 아는 사람 하나 없고 잘 알려지지도 않은 여행지로 간다는 사실이 갑자기 실감 나기 시작했다. 별일 없을 거라는 엄마의 말에 왈칵 눈물이 쏟아졌다. '갔다 올게!' 활기차게 인사하고 싶었지만 결국 퉁퉁 부은 눈으로 출국 게이트에 들어섰다.

처음 혼자 떠난 해외 배낭여행인데도 나름 잘 지내던 나는 결국 방심하고 말았다.

두 번째 여행지인 베트남에서 구글맵을 켜고 인도를 걷다가 오토바이 탄 사람이 핸드폰을 낚아채 간 것이다.

우사인 볼트도 아닌 내가 어떻게 오토바이를 따라가랴. 근처에 보이는 경찰서로 달려갔지만 내 핸드폰을 찾아 줄 생각은 꿈에도 없는 듯했다. 그저 여행자보험 들었으면 보상이나 받으라며 서류를 들이밀었다. 어찌어찌 숙소에 도착한 나는 엉엉 울었다. 당장 카톡도 할 수 없으니 한국에 연락할 방법이 없었다. 걱정하고 있을 가족들 생각에 여행 가방을 뒤져 보니 혹시나 해서 넣어 놓은 공폰이 보였다. 길거리로 달려 나가 지나가는 한국인들을 붙잡고 카톡 인증을 부탁했다. 모른 척 지나가는 사람도 있었지만, 맘씨 좋은 분을 만나 카톡 인증을 받았다. 쌓여 있는 카톡에 답장하고 엄마와 통화했다. 엄마의 목소리를 듣자 다시 눈물이 났고 당장 한국으로 돌아가고 싶었다.

"엄마, 나 핸드폰 날치기당했어. 너무 무서워. 어떡하지?"
"뭐라고? 다치지는 않았고? 그럼 이 폰은 뭔데?"
"예전에 쓰던 공폰이 가방에 있길래 밖에 나가서 아무나 붙잡고 카톡 인증받았어."
"다행이네. 아이고, 다행이다."
"그냥 한국 다시 돌아갈까? 무서워서 아무것도 못 하겠어. 나 여행 계속 못 할 거 같아."

"오지 마. 계획했던 거 다 하고 들어와."

"어?"

"여행하면서 이런 일 저런 일 당연히 많지. 액땜했다고 생각하고 계속해 봐. 나중에 후회 안 하겠어?"

엄마의 말에 순간 멍해졌다. 당연히 들어오라고 할 줄 알았다. 엄마는 엉엉 우는 나를 진정시키며 상황을 찬찬히 설명해 주었다. 핸드폰에 있는 은행 앱이나 인증서로 여행 경비도 해결할 수 있고 연락도 할 수 있으니 당장에 문제 되는 건 없다고. 일단 푹 쉬며 찬찬히 생각해 보라는 말로 통화를 마무리했다. 퉁퉁 부은 눈으로 숙소 1층에 맥주 한잔하러 갔다가 한국인 여행객을 만났다. 자초지종을 들은 그분은 남아프리카공화국을 여행하다가 납치당할 뻔했던 이야기를 들려주었다. 여권, 카드, 핸드폰 다 있는데 두려워하지 말라며 맥주를 사 주었다.

나 같은 쫄보가 무슨 세계여행이냐며 당장 한국에 들어갈 거라고 정리해 방 한쪽에 둔 가방을 흘깃 보며 침대에 누웠다. 엄마와 한국인 여행객의 말을 곰곰이 생각해 보았다. 무엇보다 나중에 후회하지 않겠냐는 엄마의 말이 계속 머릿속을 맴돌았다. 머나먼 타국에서 울면서 전화한 딸의 목소리에 놀랐을 엄마에게 미안하다는 말도 못 했다. 결국 새벽에 카톡을 남겼다.

'엄마, 나 여행 계속할래. 이 여행이 끝날 즈음엔 나 쫄보티다 벗겠지?'

핸드폰 사건 이후 나는 안전에 더욱 유의했고, 아프리카를 종단하는 동안에도 별다른 사고 없이 안전하게 여행을 마쳤다. 사기 치는 아프리카 상인들과 핏대 높이며 싸우기도 했고, 거드름 피우는 숙소 주인들을 구워삶아 저렴한 가격으로 숙소를 잡는 능청스러움도 생겼다.

돌이켜 보면 2017년은 내 인생의 변곡점이었다. 삶의 방향에 대한 고민, 그 끝에 가졌던 다짐, 객기로 끝날 뻔했던 나의 도전을 잡아 준 엄마의 뚝심이 한데 버무려진 2017년이 나에게 말을 건네는 것 같다. 두둑한 배짱으로 생각하는 대로 원하는 대로 살기 위해 노력하라고.

1년 뒤, 10년 뒤의 나에게 부끄럽지 않기 위해 밤 12시에 자판을 두드리며 글을 쓰고 두 번째 세계여행을 계획한다. 설렘 가득한 밤이다.

세계가 나의 집

일과를 마치고 터벅터벅 집으로 걸어가는 저녁. 쌓여 가는 경력만큼 삶에 대한 무덤덤함도 두터워지길 바라지만 늘 그렇지는 않다. 그럴 때면 의식적으로 발걸음을 늦추며 공원을 한 바퀴 돈다. 머릿속을 쿡쿡 찌르던 상념이 사그라들 때면 하늘을 올려다본다. 나를 행복한 사람으로 만들어 준 몇몇 기억을 떠올리기 위해서다.

인도, 자이살메르

한낮 온도가 40도를 훨씬 웃돌던 인도의 골든시티 자이살메르. 숙소의 전력 문제로 에어컨마저 고장 난 상황. 겨우 숨만 쉬며 하루를 보내고 사막 투어를 떠났다. 살갗이 타들어 갈 것 같은 한낮 더위를 보낸 우리는 가이드가 안내하는 지점에 짐을 풀었다. 주위를 둘러보니 가로등도, 앉을 벤치도, 바람을 막아 줄 집도 없었다. 아무것도 없었다. 그렇지만 가득했다.

거대한 모래 언덕을 썰매 타고 내려올 때의 짜릿함, 산발이 된 얼굴로 사진 찍을 때 마음 깊은 곳에서 뿜어져 나오는 행복한 웃음, 수많은 별로 빈틈없이 채워진 밤하늘을 보며 내지르는 탄성으로 가득했다.

퇴근길에 고개를 들어 본 하늘에게 너는 왜 자이살메르의 하늘이 아니냐고 타박한다. 쏟아질 것 같은 별로 가득한 하늘이 그립고, 찬란하게 빛나던 그때의 내가 부럽게 느껴지기도 한다. 그럼에도 불구하고 그 순간들을 복기하며 다시 살아갈 힘을 얻는다. 나의 미래에 또 다른 자이살메르가 있기를 바라며.

터키, 카파도키아

새벽에 일어나 픽업 차량에 탑승했다. 너무 추운 새벽 날씨에 이가 딱딱 부딪칠 정도로 오돌오돌 떨었다. 추위를 정말 싫어하지만 개의치 않았다. 한국에서 출발할 때부터 기대했던 벌룬 투어이기 때문이다.

해가 떠오르고 수십 개의 열기구가 알록달록하게 하늘을 메우기 시작했다. 발아래에는 햇살을 받아 장엄한 모습을 드러내는 기암괴석들이 펼쳐졌고, 하늘은 무지개보다 화려한 색깔로 자태를 뽐내는 열기구로 가득했다. 인간 세계인지 동화 속 세계인지 구분할 수 없을 정도라 어디선가 팅커벨이 나타날 것만 같았다. 이륙하고 착륙하기까지 1시간. 이 황홀함을 간직하고 싶어 카메라 셔터를 바쁘게 눌렀지만, 눈에 보이는 것만큼 아름답게 담을 수 없었다. 그래서 눈에 가득가득 담았다.

삶이 무섭거나 허무하게 느껴지는 순간이 훅 다가올 때가 있다. 그럴 때면 SNS에 업로드해 둔 사진과 글을 읽는다. 아름답고 동화 같던 순간을 다시금 떠올리며 내일을 준비할 힘을 얻는다.

케냐, 나이로비

아프리카 대륙에서 위험한 3대 도시 중 하나인 케냐 나이로비. 위험을 무릅쓰고 간 이유는 초원을 달리고 싶었기 때문이다. 탄자니아에 세렝게티가 있다면, 케냐에는 마사이마라가 있다. 기사가 딸린 지프를 타고 마사이마라 초원을 2박 3일간 달렸다. 시력이 남달랐던 운전수 패트릭은 매의 눈으로 동물들을 잘 찾아냈다.

나무 위에서 한가로이 자고 있는 표범,
그늘 드리운 나무 밑에서 영광의 상처가 가득한 얼굴로 잠이 든 사자,
엄마 아빠가 사냥한 버펄로를 먹고 장난치며 뒹구는 아기 사자들,
집채만 한 몸으로 초원을 휘젓고 다니는 코끼리,
맹수로부터 새끼를 보호하려고 여러 겹의 원을 그리며 종족을 지키던 버펄로 떼.

우수에 차 슬퍼 보이는 동물원의 동물들과는 다른 진짜 살아 있는 맹수들의 모습에 온몸이 짜릿짜릿해졌다. 시간 가는 줄 모르고 드라이빙하다 보니 어느새 해가 지는 시간이 되었다. 카메라를 들고 생동감 넘치는 동물들을 담기 위해 애쓰고 있는데 운전수 패트릭이 말했다.

"사진도 좋은데, 끝내주는 일몰을 등 뒤에만 남겨 두지는 마."

나의 등 뒤에는 핑크빛이 도는 여린 붉은색이 하늘을 물들이고 있었다. 높은 아파트도, 빵빵 울려대는 자동차 경적도, 지친 표정의 얼굴들도 없었다. 초원 한가운데서 오롯이 볼 수 있는 완벽한 일몰이었다.

여행하면서 여러 일몰을 봤지만, 그 순간이 가장 평온하고 아름다웠다. 덥지도 춥지도 않은 딱 알맞은 온도와 저마다의 깊은 순간을 마주하는 일행의 평화로운 표정, 시시각각 변해 가는 노을의 빛깔. 미지의 세계였던 아프리카 대륙이 나에게 선물해 준 가장 평화로운 순간이었다.

네팔, 히말라야 트레킹

갈까 말까 고민이 많았던 네팔 히말라야 트레킹. 트레킹을 시작한 지 겨우 한 시간 만에 후회했다. '이렇게 힘든데 7~8

일을 더 걸어야 한다고? 오 마이 갓. 내가 무슨 짓을 한 건지. 돌아갈 수 있는 건가? 지금이라도 돌아갈까?' 매 순간이 고민과 후회의 연속이었지만 포기하지 않았다. 숨이 꼴딱 넘어갈 때쯤 쉬고 다시 걷기를 반복했다. 고산병에 눈알이 빠질 것 같고, 틸려 나갈 것 같은 관절들의 아우성에 주저앉고 싶었다. 7일간의 모든 힘듦과 고통을 이겨 내고 나서야 안나푸르나를 마주할 수 있었다.

점점 심해지는 고산병 증세에 마지막 눈 쌓인 언덕을 한 발 한 발 천천히 올라섰다. 걷는 속도가 서로 달라 일행과는 거리가 멀어진 지 꽤 되었다. 언뜻 보이는 롯지가 베이스캠프겠거니 생각하며 푹푹 빠지는 눈길을 걸어갔다. 고개를 돌려 사방을 보니 햇빛을 받아 반짝이는 눈만 가득했고, 아무런 소리도 들리지 않았다.

잠시 쉴 겸 몸을 돌려 걸어온 길을 바라보았다. 나보다 조금 뒤쳐져 걸어오는 일행의 모습을 카메라에 담았다. 태고의 모습을 간직한 영원의 공간에 들어온 인간은 한낱 미물에 불과해 보였다. 하지만 포기하지 않고 끝까지 종점을 향해 오는 모습도 오직 인간만이 가지고 있는 의지였다. 그 끝에 마주한 안나푸르나는 오느라 고생했다는 듯 눈보라 없는 티 없이 맑은 날씨로 반겨 주었다.

"평범하디 평범한 마산 촌년 박지윤이 안나푸르나를 눈앞에 두고 있다니. 나 좀 대단한 것 같은데?"

안나푸르나는 앞으로의 인생에서 내가 못 할 일은 없다는 자신감을 선물해 주었다. 한없이 나약해지고 의기소침해질 때면 안나푸르나를 떠올리며 나에게 준 선물을 다시금 꺼내 본다.

아이같이 해맑았던 순간, 동화 같던 하늘, 가장 완벽한 평온함과 아름다움, 세상 가장 높은 곳에 우뚝 서 있던 자신감. 이 모든 순간이 내 마음의 휴식처고 집이다.

인생은 마음대로 되지 않지만

전교생이 50명 정도 되는 작은 중학교에 다니다가 인서울을 꿈꾸며 도시로 나왔지만 보기 좋게 실패했다. 점수에 맞춰 담임 선생님 추천으로 취업이 잘 되는 과에 고민 없이 원서를 넣었다.

대학생이 되고 여유가 생기면서 좋아하는 책도 읽고 소설도 써 보고자 했다. 하지만 늘 작심삼일이었다. 게다가 취업이 곧 생존인데 허울 좋은 이상에 매달리는 것 같아 학점 관리에 매진했다. 성적 우수 장학금도 받고 외부 장학금도 받으며 열심히 살았다. 그러던 중 한 선배를 만나 동아리 활동을 하면서 전국의 학생이 모이는 대외 활동을 하게 되었다.

"지윤 씨는 꿈이 뭐예요?"
"졸업 전에 취직하는 거죠."
"취직 말고 꼭 이루고 싶은 꿈이요."

취직이 아닌 꿈. 오랜만에 듣는 단어였다. 그곳에서 만난 사람들은 저마다 목표가 있었고, 이를 이루기 위해 동아리 활동을 하고 있었다. 나와 비슷한 또래였지만 멋있어 보였다. 그 에너지가 좋아서, 닮고 싶어서 동아리 활동을 열심히 했다. 하지만 이마저도 오래가지 않았다.

해외 결식아동을 정기 후원하는 단체의 광고를 보고 후원 버튼 누르는 것을 망설이고 있었다. 고작 2~3만 원인데 이 돈으로 할 수 있는 다른 일들을 생각하고 있었다. 옷 한 벌, 커피 몇 잔, 밥 몇 끼 등. 그러다가 퍼뜩 이런 생각이 들었다.

'이런 내가, 이렇게 적은 돈 앞에서 이기적인 내가 과연 이타적인 삶을 살 수 있을까?'
'사람들 만나는 게 재밌고, 뭐라도 하는 게 멋있어 보여서 그들을 따라 했던 건가?'

3학년 끝자락엔 휴학계를 내고 취업과 꿈의 갈림길에서 도망쳤다가 일 년 뒤 취업의 길로 들어섰다. 순탄한 직장생활을 하면서도 '잘 살고 있는가?'라는 질문에 답을 하지 못했다.

이십 대 중반에서 후반으로 넘어가는 스물일곱 살 1월. 그 질문에 답하기 위해 사표를 냈다. 그리고 편도 티켓 하나 들고 아프리카 대륙 최남단까지 떠돌았다. 귀국할 때는 내가 좋아하는 것, 잘하는 것을 해야겠다고 마음을 굳혔고 어릴 때부터 좋아하던 영어로 먹고살고자 영어 학원에 취직했다. 좋은 사수를 만난 덕에 힘들지만 승진도 하며 성장할 수 있었다. 그러다가 사수였던 분이 대구에서 같이 일을 해 보자고 제안했다.

"엄마, 팀장님이 대구에서 같이 일하자고 하네. 갈까?"

"대구에 친구나 아는 사람 있어?"

"아니."

"마산에 가족, 친구도 있고 영어 학원도 많은데 굳이 대구를 가야겠어? 혼자 사는 거면 월세, 관리비, 생활비 쭉쭉 나가고 만날 친구도 없어 외로울 텐데. 요리도 잘 못 하잖아. 그러다 너 지친다."

딱히 반박할 내용이 없는 엄마의 말에 머릿속이 다시 복잡해졌다. 큰 선택이 분명했다. 한 달 가까이 고민하며 지난날 내가 했던 많은 선택을 돌아봤다. 고등학교 진학, 대학, 취직처럼 실패한 선택도 있었지만 2017년 편도 티켓을 끊었던 것처럼 내 인생을 바꾼 선택도 있었다.

이번 선택도 그 끝이 어떨지 모르지만 나를 둘러싼 익숙함과 결별할 때가 되었다고 생각했다. 숱한 방황과 고민으로 가득했던 이십 대의 마지막 선택을 옳은 선택으로 만들 힘이 나에게 있다고 믿었다.

마침내, 새로운 곳에 나만의 둥지를 틀었다. 그곳에서 10년을 돌고 돌아 대학 시절부터 꿈꾸던 작가가 되는 꿈을 실현하고 있다. 오롯이 나에게만 집중할 시간이 생기니 미뤄 왔던 꿈에 관해 생각해 보게 되었다. 혼자 노트북으로 끄적이던 글쓰기를 체계적으로 배우고자 공저 쓰기 프로그램에 참여하고, 친구를 만들고자 참여한 커뮤니티에서도 좋은 사람들을 만나 친구도 생겼다. 리더가 되어 모임도 이끌고 있다.

아무것도 예상할 수 없고 계획대로 되지 않기에 두렵고 눈물이 나기도 했다. 지금 생각해 보면 아마도 내가 덜 간절했던 것인지도 모른다. 원하는 삶의 모습을 구체적으로 그려 보지도 행동으로 옮기지도 않았다. 그래서 실패했던 것 같다. 하지만 그 실패들이 길을 돌아가게 했을지라도, 한편으로는 옳은 길이 무엇인지 계속 생각하게 이끌었다. 대학생 때부터 두 번째 직장을 퇴사하기까지 10년은 내가 원하는 모습으로 살아가기 위한 준비 단계였던 것 같다. 그리고 지금은 신나고 두근거리는 이벤트가 많은 삼십 대가 되었다. 다양한 삶의 방식을 보고 배우며 나의 삶을 위해 매일 치열하게 고민하고 있다.

삶은 각본 없는 드라마 같은 것이기에 한 달 뒤, 일 년 뒤 나의 모습은 알 수 없다. 그래도 이것 하나만큼은 확실하다. 정해진 것이 없기에 내가 원하는 대로 그려 나갈 수 있다는 것. 수많은 선택을 하며 두 번째 세계여행, 파리와 뉴욕에서 한 달 살기를 내 삶에 끼워 넣기 위해 노력하다 보면 수많은 우연과 이벤트가 겹쳐 실제로 일어나지 않을까? 그 마음으로 오늘도 나는 여행 에세이를 쓰며 꿈꾼다.

내가 글을 쓰고 싶었던 이유

여원

프롤로그

초록 잎사귀가 흔들리던 초여름 어느 날, 육아에 지쳐 어디론가 벗어나고 싶던 그때, 문화센터 가장자리에 붙어 있는 타로 수업 광고를 보았다. 아이가 어린이집에 가 있는 시간에 수업이 진행되길래 곧바로 신청했다.

수업이 시작되자 공부보다는 내 시간이 생겼다는 점과 숨이 트인다는 사실에 기뻤다. 아이 엄마에서 '나'라는 모습으로 사람들을 만나는 것이 기뻤지만, 알지 못했던 신화를 공부하면서 많이 헤맸다. 하지만 타로 속에 담긴 사람에 관한 이해와 의미들이 나를 되돌아보게 했다. 타로는 누군가의 얘기를 들어주고 읽고 위로해 주는 게 전부라고 생각했는데, 공부하면서 나에 대해 알게 되는 점이 더 많았다.

자만과 욕심.
고집과 욕망, 이기심.
수많은 카드가 상대보다는 나를 되돌아보게 했다. 어쩌다 엄마가 되었고, 좋은 엄마가 되어야 한다는 욕심이 내 안에 있다는 것을 알게 되었다. 가질 줄 몰랐던 행복이 언제 깨질지 모른다는 불안감에 시달리는 것을 직시하게 된 것이다. 드라마 속에서 보던 결혼과 달리 많은 것을 배워야 하는 부모가 된 거다.

"내 말이 무조건 맞아!" "내가 하는 게 옳은 방법이야."

고집불통에 오만한 생각을 하던 나, 자신을 돌아보게 되었고, 자책하지 않고 흘려보내는 법과 경청하는 법을 배웠다. 그때부터 부족하면 부족한 대로 배우면 된다는 여유를 가지게 되었고, 견디는 것 또한 나쁜 게 아니라는 생각을 하게 되었다. 그렇게 세월이 흐르고 기억이 희미해질 때쯤, 우연히 SNS에서 무료 특강 안내를 보고 호기심에 신청했다. 글쓰기 수업. '뭔가 달라지지 않을까?'라는 막연한 생각에 도전하게 되었다. 그렇게 시작한 글의 프롤로그를 쓰고 있다니, 정말 신기한 일이다.

이번 에세이 쓰기에 도전하면서 가장 좋았던 건, 살아 있는 느낌이 생생하게 차오른다는 것이다. 많은 시행착오가 있었지만, 글을 쓰며 돌아보게 된 내 모습과 과거, 좋은 사람들과 함께 보낸 좋은 시간, 그리고 나를 비워 내고 다시 채웠던 모든 순간이 기록되는 지금이 너무나 감사하다.

나에게 온 첫 번째 선물

아직도 생생한 그때 그 여름.
초록 잎사귀가 시원한 바람에 흔들리던 초여름이었다. 초등
학교 4학년 그 시절 동네에 책방이 생겼다. 책을 자주 접하
는 환경은 아니었지만, 내 마음은 설렘으로 가득 차올랐다.
아빠에게 돈을 달라고 했다. 왜냐고 묻는 말에 책을 보고 싶
다고 했더니, 아무 말 없이 5,000원을 주셨다. 나는 그 돈
을 받아 들고 한걸음에 책방으로 달려갔다. 들어선 순간부
터 고민에 고민을 거듭한 끝에 책 한 권을 골라 들고 집으로
뛰어갔다. 그렇게 책을 읽기 시작했다.

아마도 사춘기였을까?
엄마가 없다는 이유로 수많은 동정과 눈치 속에서 살아야
했던 시절, 엄마와 닮았다는 이유로 매번 가족과 친척들로
부터 쏟아지던 폭력과 비난, 그리고 짐짝처럼 쳐다보던 눈
빛과 폭언. 그런 내게 즐거운 상상의 나래를 펼치게 해 주
는 것이 책이었다. 주기마다 바뀌던 엄마라는 여자들 속에
서 도망치고 싶을 때마다 만화책부터 소설책까지 가리지 않
고 읽기 시작했다. 집도 학교도 편한 곳이 없었다. 그래서인
지 책을 보는 시간만큼은 맘대로 상상할 수 있었기에 평화
롭고 행복했다.

책방 유리창 사이로 환하게 비추는 밝은 햇살에 초록 잎이 살랑살랑 흔들리던 풍경이 아직도 내 기억 속에 선명하게 남아 있다. 공부보다 읽고 싶은 책을 밤새 읽고 기분 좋은 상상을 하며 아침을 시작하는 기쁨, 그때 그 행복감이 지금까지도 책을 좋아하게 만든 원인이지 않을까?

아무도 가르쳐 주지 않은 것을 책을 통해 배웠고, 책 속에서 행복을 알았고, 그 안에서 수많은 인생을 만났다. 있는 그대로 텅 빈 내 마음에 집어넣으면서 다른 사람들은 어떤 생각을 하는지 알게 되었다. 그렇게 학창 시절을 책과 함께 보냈다. 취업하기 전까지 책은 나의 유일한 안식처이자 소통 창고였다. 어쩌면 소통하지 못했던 내게 가장 필요한 것이 소통임을 알려 준 것이 책이었다.

이십 대에 취업한 후에는 책 읽을 시간 없이 바빠지기 시작했다. 낯선 곳, 낯선 환경. 벗어나고 싶은 집을 벗어났지만 홀로 서는 법을 몰라 방황하던 그 시절. 돈 버는 법, 돈을 모으는 법, 사회생활 하는 법 모두 생경하기만 하던 때. 하나하나 터득해야 했기에 어떻게 살아야 할지 모른다는 방황과 우울함이 점점 커져만 갔다. '내 인생은 망했어!'라는 절망감까지 몰려왔지만, 그냥 흘러가는 대로 살았다. 정신없이 친구들과 놀고 즐겨도 공허한 마음은 계속 커져만 갔다.

그러다가 이사한 동네에서 우연히 보게 된 책방. 어찌나 반갑던지 다시 책을 보는 즐거움에 빠져들었다.

결혼하고 부모가 된 후에도 책은 자연스럽게 나와 함께하고 있다. 어린 시절에 내 힘듦을 견디게 해 주는 안식처였다면, 나이를 먹고 안정된 지금은 소중한 길잡이다. 선택을 강요하는 게 아니라, 나의 수많은 생각과 결론을 다시 한번 되돌아보며 더 나은 선택을 하게 해 주는 소중한 길잡이.

책으로 인해 사람의 마음을 알게 되었고, 책으로 인해 공통 관심사가 생겼고, 책으로 인해 소통을 배우게 되었다. 그리고 사람을 연결해 준 책.

어릴 적부터 지금까지 휴식을 선사해 주고 내 마음을 키워 주고, 나 자신을 돌봐 준 책이라는 선물. 나를 돌아보게 만들고 나를 알게 해 주는 것, 그게 책이 전해 주는 마음이 아닐까 생각한다.

20년 만에 알게 된 의미

초등학교 입학 전, 허름하고 조그마한 집들이 쭉 늘어선 곳. 그곳이 내가 기억하는 우리 집이다. 조그마한 방 하나에 부엌 겸 신발을 놓는 곳이 있고, 문틀 하나가 방과 부엌을 구분하는 문 역할을 하는 집.

아버지와 할머니는 늘 바쁘셨다. 항상 빈 집에 동생과 있던 시절, 배고프면 밥이 없어서 참기름을 부어 달걀프라이를 만들어 먹었고 참기름 많이 썼다며 혼나던 일상. 이사 온 지 얼마 안 된 터라 모든 것이 낯설었지만, 너무 심심한 나머지 문을 열고 나갔다. 몇 걸음 떨어진 곳에 보이던 조그마한 골목길.

골목길로 사이로 몇 집이 모여 있는 조그마한 공터가 있었고, 그곳에 아이들이 옹기종기 모여 있었다. 한 친구가 소리 내어 나를 불렀다. 그렇게 아이들과 어울리게 되었다. 놀 친구가 없던 나는 친구가 생겼고, 도랑에서 같이 수영도 하고 같이 뛰어다니며 친해지기 시작했다.

맨 처음 나를 부른 진이는 참 신기한 아이였다. 헤진 소매 끝으로 콧물을 닦으면서도 매번 활짝 웃는 진이.

어느 날, 저녁노을이 붉게 물들고 골목길에 가로등이 하나 둘 켜질 무렵, 힘차게 누군가를 부르는 소리가 들렸다.

"딸! 우리 예쁜 딸!"
"아빠!"

까르륵 함박웃음을 지으며 달려가는 진이의 모습이 생소했다. 딸을 번쩍 안아 들고 뽀뽀하며 예쁘다고 쓰다듬는 애정 어린 표현까지. 나는 그 모습에 샘이나 집으로 향했다. 나를 부르는 소리에 대꾸도 하지 않고 집으로 향했다. 그 어린 나이에 못난 생각이 불쑥 들었다.

'치! 그래도 우리 집이 더 좋아!'

친구에 대한 질투인 건지, 사랑받지 못한다고 느껴 슬펐던 건지 분간하지 못했다. 그러던 어느 날, 생각지 못한 초대를 받았다. 생일 파티를 한다는 것도 처음 알았던 순간이다.

"오늘 우리 집에서 내 생일 파티 하니까! 꼭 와!"
생일 파티라는 말에 마음이 설렜던 나는 고개를 끄덕였다. 하지만 막상 진이 집에 가려니 거부감이 들었다. 우리 집도 허름했지만, 진이네 집은 확연히 비교될 정도로 더 초라한 나무로 막아 놓은 판잣집이었기 때문이다. 나무 사이로 불빛이 새어 나오고 백열등도 아닌 노란 전구가 켜진 좁고 좁은 집. 더럽고 허름해 보이는 곳이었다. 그런데도 생일 케이크를 먹고 싶은 마음에 친구들과 함께 그 집에 들어섰다.

진이네 가족이 옹기종기 모여 우리를 반겨 주었고, 커다란 케이크에 촛불을 켜고 생일 축하 노래를 불렀다. 촛불을 끄는 진이를 향해 가족들이 큰 소리로 축하한다고 사랑한다고 말해 주었다. 서로 눈을 쳐다보며 사랑한다고 안아 주고, 별거 아닌 얘기에도 큰 소리로 웃는 모습. 내겐 너무 생소한 광경이었다.

'왜 이렇게 웃지? 왜 저렇게 행복해하지? 흙이 덕지덕지 묻은 장판 위에서 어떻게 저렇게 웃을 수 있지?'
'넌 왜 행복해? 이런 집에서? 왜? 돈도 없는데?'

혼란스러운 생각으로 가득했던 나는 그때부터 이사 갈 때까지 친구들이 있는 골목길에 가지 않았다. 겉과 속이 다른 이중적인 내 모습과 저열한 자격지심 때문에 피한 것이다.

십 대의 외로움과 이십 대의 공허함이 가득했을 땐 몰랐던 이 기억들. 문득문득 떠오르던 과거들. 왜 이 기억이 뇌리에 박혀 있는지 이해하기까지 많은 시간이 걸렸다. 어쩌면 인정하는 데 많은 시간이 필요했던 것 같다. 이 기억을 온전히 받아들인 건 결혼하고 나서였으니까. 결혼하기 전 나는 가시를 세운 고슴도치처럼 날이 바짝 서 있었다. 아무도 가족이라는 무서움을 이해해 주지 못했다.

"그래도 가족이잖니. 네가 이해해야지."

이런 말조차 무섭고 숨 막혔던 내게, 가족이란 무섭고 힘들고 두려운 존재였으니까. 내가 그런 가정을 만들까 봐, 내가 모조리 망칠까 봐, 과연 결혼이라는 것을 할 수 있을지 겁먹었다. 겪어 보지 않은 가족이라는 굴레가 도저히 상상할 수 없는 악몽처럼 느껴졌다. 하지만 그와 달리 남편은 연애 때부터 나를 있는 그대로 긴 시간 함께 웃고 배려해 주고 믿어주었다. 그리고 첫 아이와 함께 셋이 있는 순간 깨달았다.

'아, 이게 행복이구나. 아무것도 하지 않아도, 그저 이렇게 같이 있는 것만으로도 행복하다니. 이게 가족이구나.'

아이를 놓고도 이 아이를 책임져야 한다는 부담감에 가슴이 철렁 내려앉던 내가 처음으로 가족이라는 존재를 가슴으로 느낀 순간이었다. 기억 속에 남아 있는 진이네 가족, 서로를 바라보는 애정 어린 표정과 환한 웃음, 그저 같이 있는 것만으로도 행복한 모습. 진이네 가족이 왜 그리 찬란한 모습으로 기억 속에 남아 있는지 그제야 이유를 알게 되었다. 진이가 그때 행복했던 이유도, 어렵고 힘든데도 항상 웃을 수 있었던 이유도, 가족이 주는 행복이 어떤 것인지, 가족이 얼마나 큰 존재감을 발휘하는지 알게 되었다. 어린 시절 나에게 진이 가족의 모습은 너무나도 부러웠던 청사진이었음을 깨닫게 되었다.

진이의 환한 웃음이 전에는 질투와 부러움의 대상이었다면, 지금은 내게 행복을 알려 주는 의미가 되었다. 어른이 되어 바라본 진이는 있는 그대로 받아들이고 있는 그대로 사랑을 표현할 줄 아는 친구였다. 이 사실을 알고부터 나는 조금씩 내 행복을 찾기 시작했다.

온 가족이 둘러앉아 서로를 향해 웃으며 함께 있다는 것에 행복을 느꼈다. 아이와 함께 웃으며 아이스크림을 고르고, 서로 한 입씩 뺏어 먹는 그 작은 순간에도 행복함을 느끼게 되었다. 아직도 내 성품이 부족한 탓에 짜증도 내고 못된 소리도 나오지만, 그때마다 우리 가족이 함께한 행복하고 소소한 기억을 떠올리며 다짐한다. 나중에 후회 말고 지금 사랑하는 사람들과 행복한 추억을 더 만들자고. 수없이 떠오르는 부정적인 생각을 뒤로하고 내 옆에 있는 행복을 먼저 찾아본다.

행복이라는 게 찾을수록 어쩌면 이리도 많은지, 찾는 재미가 쏠쏠하다.

예전엔 힘들면 힘들어하는 내가 싫고 나를 도와주지 않는
모든 것이 싫었는데, 내가 행복하다고 느끼는 순간 모든 것
이 온전하게 나의 행복으로 바뀌는 것은 실로 기적 같은 일
이다. 일곱 살 내게 가장 필요했던 것은 서로를 바라보며 웃
을 수 있는 가족이었고, 지금 내게는 그런 가족이 있다. 그
리고 이 행복이 오래 유지되도록 서로 노력하는 중이다. 부
러웠기에 알게 되었고, 행복을 느낀다는 것만으로도 나는
내 삶에 감사하다.

똥인지 된장인지 겪어 봐야 알지

"나 정말 부탁할 사람이 너밖에 없어서 그래! 휴대폰 명의 좀 네 걸로 해 주면 안 돼? 휴대폰 요금은 걱정 안 해도 돼. 진짜 잘 낼게! 제발 한 번만 도와주라."

내 인생에서 가장 후유증이 심했던 과거이자 상처. 내가 사람 보는 눈을 기르게 된 이유.

삐삐 시대를 지나 애니콜 슬림형 휴대폰이 나오고 온갖 디자인의 휴대폰이 나오던 그 시절, 내 나이 이십 대 초반. 누구나 다 가지고 있는 휴대폰이지만 그 친구는 휴대폰이 없었다.

"네 걸로 하면 되잖아? 성인인데 왜 못 해?"
성인인데 부모님이 반대한다는 이유로 명의를 빌려 달라는 친구가 도무지 이해되지 않았다.

"알면 나 죽어. 진짜 휴대폰 고지서도 날아오면 안 돼. 한 번만 도와주라. 응? 너랑 나 친하잖아! 나 못 믿어? 진짜 내가 정말 잘할게!"

설마 이십 대 초반인데 신용불량자일 거라고 누가 상상이

나 했을까? 그땐 물어볼 친구도 없었다. 눈물이 앞을 가린다. 나는 명의를 빌려 달라는 부탁을 단호하게 거절하지 못했다. 정서적 불안감이 심했기에 오히려 친구와 멀어질까봐 전전긍긍했다. 친구는 내게 맡겨 둔 것처럼 당당한데, 오히려 내가 빚쟁이처럼 불안에 떨었다. 며칠 동안 계속 닦달하는 친구를 참지 못하고 결국 최악의 선택을 하고 말았다.

내 명의로 개통한 휴대폰을 건네주면서 친구에게 몇 번이나 확답을 받았다. 친구는 몇 번이고 약속을 다짐했고, 나는 '친구니까 믿어 보자!'라는 생각으로 불안한 마음을 억지로 눌렀다. 친구니까 믿음을 배신하지 않으리라 생각했는데, 그 친구에게 믿음은 별거 아니었나 보다. 매일 보는 친구이기에 언제든 볼 수 있다고 믿었고, 내 믿음을 배신하지 않을 거라 믿었다. 하지만 휴대폰을 건네주고 보름이 지난 무렵, 친구에게 전화를 걸었는데 전화가 정지되어 있었다.

'뭐지? 왜 전화가 정지되어 있지?'

친구가 일하는 곳으로 가니 나를 향해 태연하게 손을 흔들었다.
"뭐야? 너 왜 전화 정지됐어?"
"아, 그거! 아빠한테 걸려서 휴대폰 박살났어. 고쳐야 해서 정지시킨 거야."

"놀랐잖아! 언제 고치는데?"
"이번 달 월급 타면 고쳐야지."

걱정하지 말라는 친구의 말에 나는 별일 있겠냐는 마음으로 일상을 유지했다. 늘 친구가 연락했고, 자주 놀고 헤어지기를 반복했기에 별 이상함을 느끼지 못했다. 하지만 한 달 뒤, 요금 고지서가 날아오기 시작했고 두 달 뒤부터 연체금과 휴대폰 할부금 고지서까지 날아오기 시작했다. 부랴부랴 친구가 일하는 곳에 찾아갔지만, 친구는 사라지고 없었다. 이리저리 다른 친구들에게 수소문했지만, 친구와 연락이 되는 사람이 하나도 없었다. 그렇게 나는 빚을 물렸다.

친구는 사라지고 빚은 눈덩이처럼 불어나고, 계속해서 울려대는 전화 소리에 나는 점점 위축되어 갔다. 빚쟁이가 이런 거였구나. 친구를 믿었던 무지한 나에게 화가 나고, 무책임하게 달아난 친구에게 증오심만 쌓여 갔다. 이십 대 초반이던 나는 한 번에 200만 원이라는 큰돈을 낼 경제력이 없었고, 도움받을 곳도 없었다. 분함과 짜증, 밀려오는 자책감, 우울함이 점차 쌓이면서 내 인생이 망했다는 생각을 좀처럼 버릴 수가 없었다. 혼자 먹고사는 것도 힘든데, 친구에게 배신까지 당하자 나를 자책하는 시간이 늘어갔다.

'역시⋯. 나는 되는 게 없구나. 나는 정말 안 되는구나.'

그런 생각 때문에 힘들었지만, 시간이 흐를수록 내가 모자라서 벌어진 일이고 단호하게 거절하지 못한 내 문제라는 걸 깨닫게 되었다.

지금도 다들 그럴 것이다. 뻔히 눈에 보이는데 왜 빌려주었냐고, 겁도 없이 그런 걸 해 줬다고. 그런데 그 당시 나는 정말 자존감이 낮았고 친구 관계에도 서툴렀다. 친구 사이에서 늘 눈치를 보고, 친구가 삐지면 몇 번이고 미안하다고 사과를 했다. 친구들은 기분이 풀리면 그제야 나와 놀아 주곤했다. 그렇게 주눅 든 내 모습과 행동이 그 친구들에게는 너무 쉬워 보였을 것이다. 그땐 눈치 보고 싶지 않아도 그 상황에서 내가 노력하면 그 애들도 알아줄 거라고 생각했으니까. 벗어날 수 없는 환경에서 유일하게 숨을 쉴 수 있었던 것이 친구들과 보내는 시간이었기에 더 움켜잡으려고 했다.

그때 친구의 부탁을 거절하지 못했던 이유도 내게 보여 줬던 고마움과 좋은 추억들 때문이었다. 친구가 소중했고 친구이기에 믿고 싶었던 내 무지가 일으킨 일이라는 것을 깨달았다. 친구를 대하는 방법을 몰랐던 내게 친구를 대하는 방법을 너무나도 확실하게 알려 준 경험이었다. 이 경험을 바탕으로 나는 사람에 대해 배우고 소통하기 시작했다. 그리고 아무리 친해도 내가 들어주지 못하는 부탁이면 정중히 거절하는 방법도 알게 되었다.

거절할 당시에는 서운해도 그 사람과 내가 관계를 이어 나가기 위해서는 필요한 거니까. 그게 그 사람과 나의 인연을 아름답게 꾸며 가는 방법이니까. 그리고 정말 소중한 사람이라면 내게 피해를 주려고 하지 않을 테니까 말이다. 나아가 나 또한 내 인연들에게 그런 존재가 되지 않으려고 노력한다. 내게는 나를 소중히 생각해 주는 사람이 너무 많으니까.

가까운 사람부터 챙기자

"언니가 해 준 국수 먹고 싶어."

오랜만에 대구에 내려온 동생이 살갑게 달라붙는다. 사실 처음부터 우리 자매가 친했던 건 아니다. 지금도 어린 시절 동생 때문에 혼나던 일을 생각하면 서럽다. 아니, 둘째가 잘못하면 둘째가 혼나야지, 왜 먼저 태어났다고 툭하면 내가 혼나야 하는지 이해하질 못했다.

첫째라고 애 아닌가? 둘째가 잘못한 게 왜 첫째 잘못인가? 솔직히 지금도 이해하면서도 억울하다. 동생이 사고 치면 언니가 돼서 뭐 했냐고 같이 혼나고. 내가 잘못하면 나 혼자 혼나고. 나는 왜 내가 동생을 챙겨야 하는지도 모른 채 스트레스를 받았다. 졸졸 따라다니는 것이 귀찮아 머리를 쥐어박기도 했고, 동생 때문에 혼나면 부모님 몰래 동생을 때리기도 했다.

그런데 동생도 억울하다고 난리다. 언니라고 하나 있는 게 툭하면 때리고 성질을 부리니 살 수가 없었단다. 초등학교 수학여행을 다녀온 저녁, 집에 들어오자마자 반겨 주기는커녕 한마디 하던 모습이 기억에서 사라지지 않는단다.

"야! 설거지해."

"나 다리도 아프고 힘든데 언니가 하면 안 돼?"

동생은 '나를 생각한다면 언니가 하겠지, 설마…' 했는데 언니라는 사람이 의자를 떡 하니 갖다 놓고 이렇게 말했다고 한다.

"앉아서 설거지하면 되겠네."

그러고는 누워서 TV 보던 모습이 아직도 잊히지 않는단다.

결국 언니가 무슨 성질을 부릴지 몰라 설거지하고 쉬었다는 얘기는 20년째 단골 소재다. 그랬다. 세 살 차이인 동생과 나는 서로에 대해 무지했고 알고 싶어 하지 않았다. 서로 비수 꽂는 말도 많이 하고, 서로 욕하고, 싸우고, 자매 사이지만 참 살벌했다. 정서적 불안감이 가득했던 십 대, 자기 살기 바빴다. 그러던 어느 날이었다.

"언니, 나 결혼해."

아직은 어린 나이, '결혼하면 돈을 어떻게 마련하려고 하나' 하는 생각이 먼저 들었다. 친정도 없고, 나도 무엇 하나 해 줄 능력이 없었던 터라 섣불리 축하한다고 말하지 못했다. 그런 내 심정을 아는지 동생이 내게 속마음을 털어놨다.

"언니, 나는 평범한 가정을 이루고 우리 아이가 엄마 아빠 다 있는 가정에서 자라는 게 꿈이야. 돈 많이 버는 것보다 나랑 다정히 얘기를 나눠 주는 사람이라서 좋아. 그냥 평범하게 나랑 오빠, 우리 아이가 같이 저녁 먹는 일상을 이제 이룰 수 있을 것 같아."

동생의 입에서 나온 말에 나는 멈칫할 수밖에 없었다. 산산이 부서진 가정 환경에서 살던 우리. 폭력과 욕설이 난무하던 환경 속에서 동생이 행복한 가정을 만들 거라는 희망적인 생각을 했다는 사실에 놀랐다. 우울하던 표정은 온데간데없이 사라지고, 눈을 반짝이며 웃는 모습이 너무나 예뻤다.

그때 나는 나만 힘들고, 나만 이런 가정을 가졌고, 나만 이런 환경에서 컸다고 느꼈는데 그제야 그 모든 상황에서 동생이 같이 커 왔다는 것을 알게 되었다. 우리는 같은 환경에서 같이 상처받고 있었다는 것을. 그리고 같은 상처 속에서 같은 아픔과 바람을 가지고 있었다는 것을. 다만 다른 점이라면 나는 결혼하면 안 되는 사람이라고 자책하며 방어한 반면, 동생은 결혼해서 더 좋은 가정을 만들 거라는 희망을 품었다는 점이다.

우리에게 결핍은 가족이었고, 결핍을 채우는 것 또한 가족이었다. 결혼을 앞두고 많은 얘기를 나누면서 동생에 대해 아는 것이 제대로 없다는 것을 깨닫게 되었다. 언니라면서 동생의 아픔과 상처를 제대로 돌봐주지 않았다는 것도.

나는 수없이 힘들다고 울고불고하며 표현했지만, 동생은 가슴속에 많은 말을 끌어안고 혼자 외로이 버텨 냈다는 생각에 가슴이 쓰라려 많이도 울었다. 나는 가장 가까운 내 동생조차 챙기지 못했다. 동생의 아픔을 알고 나서 동생의 얘기에 귀를 기울였다. 20년 동안 함께 살면서도 몰랐던 추억들, 그리고 다르게 기억하는 추억들. 서운하다면서도 매번 내가 하는 말에 귀 기울이는 동생. 그렇게 나한테 서럽다고 하면서도 늘 언니가 최고라는 동생. 우리는 뒤늦게 가장 가까운 친구이자 자매가 되었다.

동생이 내민 손길로 인해 서로를 이해하는 폭이 점점 넓어졌다. 우리 가족이 청주에 가면 온종일 맛있는 음식을 해 주고 새벽까지 얘기를 나누고, 동생네가 대구에 오면 좋아하는 음식을 해 주며 도란도란 얘기를 나눈다.
어느새 아이들이 중학생이 되고 다 같이 볼링도 치고 수많은 얘기로 이야기꽃을 피운다. 동생과 나는 모든 얘기를 귀담아들으며 생각한다.

언제나 옆에 있던 동생이기에 잘 안다고 생각했는데 말하지 않으면 모른다는 것을 깨달았고, 가까이 있기에 이해할 거라며 쉽게 내뱉고 상처 주었던 일들로 아직도 마음이 아프다. 가까이 있는 사람이기에 더 소중하게 들어주고 챙겨야 한다는 것을 오늘도 다시 한번 되새긴다.

작은 위로 한마디

어느 아침, 내 입에서 날 선 소리가 나왔다.

"왜, 왜 우는데? 너 학교 가기 싫어서 우는 거야? 저번에도 빠졌잖아. 안 그리기로 해 놓고 왜 그래!"

아무리 물어도 아무 말 없이 눈물만 뚝뚝. 답답해서 속이 터질 지경이다. 한두 번도 아니고 최근 들어 반복되는 아침 일상. 툭 하면 학교에 안 가려는 막내와 실랑이하느라 진이 빠지고 시간은 흘러만 간다. 결국 마음이 약해진 나는 학교에 사정을 설명하고, 아이에게 쉬라고 했다. 그러자마자 눈물이 그친 막내가 활짝 웃는다.

'아, 속은 거 같은데….'
긴장이 풀렸는지 잠옷으로 갈아입고 내 품에 안긴다. 어쩌겠나 싶다가도 내 새끼니 어쩔 수 없지 하면서 폭 안아 주었다.

"아들, 오늘은 왜 학교 가기 싫어? 긴장했어?"

내 목소리에서 기분이 풀린 걸 느꼈는지 고개를 끄덕인다.
"가면 괜찮아지는 것도 알아. 그런데 학교 가는 길이 힘들어."

도저히 이해되지 않지만, 더 성질 내 봐야 아무 의미 없단 생각에 눈을 감았다.

벌써 몇 주째 반복되는 일상, 아이는 새 학기가 시작되면서 학교 가는 것을 힘들어하기 시작했다. 방학 동안 늦게 자던 버릇 때문에 피곤해서 그런가 싶어, 일찍 재우고 아침에 불안해하지 않도록 안아 주고 다독이며 학교에 보냈다. 설마 하며 침대에 누워 쉬고 있는데 깜짝 놀랐다. 학교 간다고 가방 메고 나간 아이가 조용히 다시 돌아와 내 앞에 있는 것이 아닌가. 아니 문도 어쩜 그리 조용히 여는지. 나는 또 실랑이하기 싫어 단호하게 말했다.

"어서 가, 어제도 빠졌잖아. 오늘은 괜찮을 거야. 아들이 힘든 거 알아. 그런데 학교는 의무교육이고 너의 의무야. 잘 다녀와!"

어제 결석한 것 때문에 자기도 할 말이 없다고 생각하는지 어쩔 수 없이 문을 나서는 애를 보내고 전화기를 들었다.

"여보, 오늘도 막내가 학교 가다가 돌아왔어! 진짜 얼마나 놀랐는지! 오늘 일부러 기분도 좋게 해 주려고 아침도 먹여 주고, 싫다는 거 내가 다 해 줬는데 왠지 느낌이 안 좋아. 지금 또 돌아오는 거 아닌지 모르겠어."

걱정된 마음과 속상함에 하소연하며 다시 현관문 앞으로 갔는데, 아뿔싸! 현관문이 천천히 열리고 있었다. 그때 그 순간에 느낀 공포감이란. 후다닥 전화를 끊고 아이를 쳐다봤다. 뚱한 표정의 아이 모습에 아무 말도 하지 않았다. 나도 조용히 기다렸다. 기다림보다는 어떻게 설득해야 할지 머리를 굴리고 있었다. 하지만 무슨 말을 해야 할지 막막했다. 결국은 보내야 한다는 결론에 다다랐다.

"내가 데려다줄까?"

아이는 뚱한 표정으로 고개를 끄덕였다. 아이 마음이 바뀔까 봐 후다닥 준비를 마치고 아이 손을 잡았다. 5분도 걸리지 않는 그 길에서 아이는 몇 번이나 멈춰 섰지만, 정문에 도착하자 포기한 듯 고개를 숙인 채 걸어갔다. 아이 뒷모습을 보니 안쓰러우면서도 이유를 알 수 없어 답답함에 남편에게 전화를 걸었다.

"오늘도 역시나 그랬어. 내가 뭘 잘못한 걸까? 아이가 스트레스받는데 풀어 주지도 못하고, 긴장을 어떻게 풀어 줘야 할지 모르겠어. 아이 우는 모습에 자책감이 느껴지고, 자꾸만 내가 못난 엄마란 생각만 들어. 내가 잘못한 걸까?"

풀이 죽은 내 목소리에 남편이 조용히 말을 꺼냈다.

"괜찮아. 그러면서 크는 거지. 잘하고 있어. 그런 시기도 있는 거야. 집에 오면 엄마부터 찾고, 엄마 품에 안기고, 엄마의 반김을 제일 좋아하는 아이잖아. 괜찮아질 거야."

그냥 평범한 위로였다. 하지만 요 며칠 아이의 생소한 모습에 날 섰던 내 감정이 괜찮다는 말 한마디에 주르륵 무너졌다. 계속해서 아이와 어긋나는 상황들, 아이가 힘든데 왜 힘든지를 몰라서 답답해하던 상황들 때문에 죄책감이 커지는 중이었다. 서러움이 복받치고 토닥이는 남편의 말에 눈물이 터져 나왔다. 누구의 잘못도 아니라는 말, 그냥 아이와 나는 그런 시기를 지나고 있다는 말에 불안감을 내려놓았다. 정말 평범하지만 괜찮다는 말 한마디가 큰 위로가 되었다. 어떤 상황이든 그럴 수 있고 괜찮다는 것.

하지만 자꾸 결석하는 아이가 걱정되어 선생님과 통화했다. 선생님은 정말 괜찮다는 듯 웃으며 말씀하셨다. 새 학기 증후군. 섬세한 아이들이 많은 겪는 일이며, 시간이 지나면 괜찮아진다는 선생님 말씀에 안도의 숨을 내쉬었다. 정말 그런 시기라는 것. 아이가 힘들어하는 이유를 알게 되어 한결 마음이 편해졌다. 그 뒤로 같은 상황이 몇 차례 반복될 때마다 아이를 안아 주며 괜찮다고 말해 줬다.

"맞아, 힘들 수 있지. 힘든 거 맞아. 그래도 기특하네. 이렇게 가방까지 메고. 고마워. 괜찮아."

아이는 점차 두려움을 이겨 냈고, 학교로 가는 발걸음도 가벼워졌다. 아이와 나는 괜찮다는 말과 함께 새 학기를 넘겼다. 나는 남편의 작은 위로로, 아이는 나의 작은 위로 한마디로 함께 견뎌 낸 것이다. 앞으로 수많은 상황이 다가오겠지만 그때마다 서로 안아 주고 위로하며 더 잘 견뎌 내리라 믿는다. 서로를 위해 위로 한마디 건네는 것이 얼마나 큰 힘이 되는지 알게 됐으니까.

마음을 다했다면 된 것이다

누군가를 진심으로 대하면 그 사람도 나를 진심으로 대한다고 생각한다. 내가 사람을 만나고 겪으면서 느낀 점이고, 그 덕에 지금 내 곁에 좋은 사람이 가득하니까. 그런데 그런 생각을 깨부수는 사람이 나타났고 멘탈이 깨졌다. 진짜 믿었던 친구이고 많이 좋아했던 친구다. 그 친구의 아픔을 이해하고 싶었고, 친구가 부르면 언제든지 달려갔다. 몇 시간이고 위로하고 달래고, 그만큼 소중히 여긴 인연이었다. 그리고 친구 또한 그럴 거로 생각했다. 그렇게 10년 넘도록 소중하게 여긴 친구였다.

"네까짓 게 뭔데 그런 소리를 해? 네가 나 알아?"

늦은 밤 다짜고짜 따져 대는 전화에 당황스러웠지만 나는 친구에게 왜 그러는지 물었고 자초지종을 알게 되었다. 남편의 친한 친구 아내였기에 남자 둘이 서로 얘기하다가 흘러들어간 이야기. '걱정되네.' 이 한마디가 어떻게 와전된 건지 씩씩대며 전화를 건 것이었다. 남편도 얘기하는 과정에서 오해가 있었던 것 같다며 서로 얘기하며 풀었지만, 나는 그때 느낀 그 실망감을 잊을 수가 없다.

나와 함께했던 시간이 있고, 나를 잘 안다고 생각했던 친구가 이런 말을 한다니. 나를 믿었다면 내가 그럴 리 없다는 것을 잘 알 텐데. "네까짓 게"라는 그 말이 너무나도 상처가 되었다.

아, 나는 이 친구한테 고작 이런 말을 듣는 존재였나? 그냥 아무 관계도 아닌 건가? 수많은 진심을 보여 주고 살뜰히 대했는데 이런 취급을 받다니. 착잡함과 동시에 원망하는 마음이 스멀스멀 올라왔다. 여태껏 친구가 했던 행동과 말을 되새기고 나를 되새겨 봤다. 내가 무엇을 잘못한 걸까? 수많은 생각으로 날을 지새웠다. 어느 날 힘들어하는 내게 친한 언니가 한마디 해 주었다.

"인연 끊기는 걸 겁내지 마. 끊길 인연이니까 그런 거야. 기존 인연이 끊어져야 새로운 인연도 들어오는 거고. 너 잘못한 거 없고, 더 좋은 사람들 만나자."

토닥여 주는 한마디에 속에 차 있던 여러 의문이 사라졌다. 그래, 그런 거였다. 그냥 그런 인연이었다고 생각하자 마음이 훨씬 편해졌다. 서로 베풀고 서로 잘해 주었지만, 세월이 지나면서 맞지 않았던 것뿐이라고 생각했다. 사람인지라 그 시간 동안 미워하지 않으려 노력했고, 차근차근 내 마음속에 있는 미움을 비우려고 노력했다.

지금도 그 친구가 나쁜 사람이라고는 생각하지 않는다. 십 년이라는 세월 동안 좋은 추억과 많은 행복을 함께 누린 친구이기 때문이다. 좋은 사람이지만 끝이 좋지 않았던 것뿐이다. 그냥 친구와 나는 이제 끝나 가는 인연이었던 거다. 오랜 시간을 함께한 친구이기에 내 마음에서 보내는 것이 쉽지 않았다. 하지만 친구와 보낸 시간을 나를 위한 시간으로 바꾸고, 그 시간 속에서 새로운 인연이 맺어지면서 서서히 빈 자리가 채워지기 시작했다.

사람마다 들어오는 인연의 크기가 있다는데, 공간이 생기면서 나를 대우해 주고 존중해 주는 사람들을 만났다. 같이 길을 걸어갈 사람들이 생긴 것이다. 그저 맞지 않았고 떠날 시간이 되었던 것뿐인데, 그때는 왜 그리 나를 자책했는지 모르겠다. 그래도 좋은 사람이었고 그 사람 덕에 많이 배웠다. 또한 어떤 사이든 내가 마음을 다했다는 것으로 만족해야 한다는 것도 알게 되었다. 마음을 다해도 서로 느끼는 것이 다를 수밖에 없고, 나 또한 그런 사람인 것을 인정하게 되었다. 한편으론 마음을 다했기에 후회나 미련이 남지 않아서 다행이다.

글쓰기가 중요한 이유

첫 아이가 어린이집에 갈 무렵 쇼핑몰을 시작했다.

'쇼핑몰을 운영하면 집에서 아이도 돌볼 수 있고 돈도 많이 벌어서 우리 가족 모두 행복하게 지낼 수 있을 거야!'

행복한 상상과 함께 매일 열심히 게시물을 올리고 상품을 찾아 작업도 하며 열정적으로 움직였다. 다른 쇼핑몰에서 잘나가는 상품을 가져 와 팔기도 하며 희망차게 움직였다. 열심히만 하면 잘될 거란 생각으로 움직였지만, 쇼핑몰은 날이 갈수록 침체되어 갔다. 그래서 '나만의 상품을 찾아보자!'라는 생각으로 직접 거래처를 찾아 움직이고 공동 구매를 시작했다.

상품이 저렴하고 품질이 좋다는 평을 받으면서 활기를 되찾기 시작했다. 매일 고심해 고른 상품의 정보를 한 글자 한 글자 정성스레 적어 판매하기 시작했고, 이벤트도 하면서 고객들과 더 많이 소통했다. 이곳저곳에서 상품 제안서가 들어오고 더 많은 상품을 올리게 되면서 쇼핑몰이 커 가는 것 같아 기뻤다. 하루에 몇 번씩 신상을 올리고 정신없이 움직였다. 하지만 시간이 지나자 경쟁 업체가 하나둘 생기기 시작했고, 물건을 공급해 주는 업체도 우후죽순으로 생기기 시작했다. 자기네 상품을 더 많이 팔기 위해 상품 설명부터 여러 가지 편리한 기능을 제공했고, 나는 내가 고심하며 쓴 설명 글보다 제공받은 글을 손쉽게 복사해 올렸다.

그런데 이상하게 갈수록 댓글이 적어지고 상품도 팔리지 않는 것 아닌가? 물건도 다양해지고 좋은 상품도 많아졌는데 왜 팔리지 않는 건지. 쇼핑몰을 살리기 위해 여러 이벤트도 하고, 잘나가는 사장님들에게도 조언을 구했지만 상황은 갈수록 악화되었다. 그렇게 몇 년을 끌다가 결국 폐업 신고를 했다. 그런데 몇 년 뒤 글쓰기를 배우면서 내가 망한 이유를 알게 되었다.

공동 구매 특성상 상품을 파는 것 또한 구매자의 관심을 이끄는 일인데, 남들과 똑같은 글에 똑같은 상품을 올리고 있었다는 것을 그제야 안 것이다. 나만의 상품이라는 메리트도 없었고, 공산품처럼 남이 적어 준 글을 올리기만 했다는 것을 뒤늦게 깨달았다.

내 글을 보고 찾아온 고객들을 내 손으로 밀어낸 것이나 마찬가지였다. 책 읽는 것을 그리 좋아하면서 글로 소통하는 방법은 몰랐다니. 만약 글쓰기를 하지 않았다면 계속 몰랐을 것이다. 글쓰기를 배운 지금은 내 이미지 브랜딩을 위해 글을 쓰고 있다. 주변 사람들이 깜짝깜짝 놀란다. 예전 글과

분위기가 사뭇 다르다고. 귀찮아서 대충 적고 마는 글에서 느껴지는 이미지와 신경 써서 올린 글이 주는 긍정적인 영향력을 무시할 수 없다는 걸 알게 되었다. 글이 주는 이미지를 새삼스레 깨달으며 배워 간다.

'돈도 안 되는 글쓰기를 왜 해?'라는 소리를 듣지만, 이제는 안다. 많은 것을 느끼게 하고 표현하게 하는 게 글의 힘이라는 것을. 그래서 나는 글쓰기가 금광처럼 보인다. 그리고 내가 쓴 글이 조금씩 나아지는 것을 보면 뿌듯함과 행복감이 차오른다. 글쓰기는 가장 쉽고 빠른 소통을 가능하게 해 준다. 매력적인 글은 제2의 부업, 파이프라인을 만들어 준다.

글쓰기를 하는 수많은 이유가 있겠지만, 그중에서 나는 내가 실패한 원인을 깨닫고 어떻게 활용해야 하는지 알기 위해 글을 쓴다. 이 좋은 방법을 방치하고 헤맨 게 아쉽지만, 이제라도 시작할 수 있다는 사실에 마음을 다잡아 본다. 많은 돈을 들여 다른 것을 배우기보다 가장 쉬운 글부터 쓰고 실행에 옮기는 것, 이것이 당분간 내 목표다.

아버지, 에세이를 쓰게 된 이유

전화벨이 울리면 온몸이 긴장된다. 특히 지역 번호가 뜨는 날이면 피하고 싶은 마음과 전화를 받아야 한다는 의무감이 팽팽하게 대립한다. 오늘도 어김없이 울리는 전화벨 소리에 나는 결국 통화 버튼을 누른다.

"여기 ○○병원 응급실입니다. 아버지가 길거리에서 주취 상태로 계셔서 실려 오셨어요. 보호자 ○○○ 씨 맞으시죠?"
"네."
"만취 상태인데 발과 손에 상처가 조금 있어서 치료했고요. 이제 집으로 데려가셔야 합니다."
"제가 지금 타지에 있어서요. 데려갈 수 있게 다른 보호자 보낼게요. 죄송합니다."

일주일에 한 번은 걸려 오는 전화에 노이로제에 걸릴 것 같다. 밀려오는 미안함에도 불구하고 고모에게 전화를 건다. 자다 깬 고모는 버선발로 뛰어나가 아버지를 모셔 온다. 그리고 어김없이 전화가 울린다.

"야! 너희 아빠 너희가 모셔야지! 한두 번도 아니고 뭐 하는 짓이야! 우리 엄마가 왜 이렇게 고생해야 하는데! 당장 너희 아빠 모시고 가! 다음엔 절대 안 도와줘!"

받자마자 들려오는 친척 오빠의 질책에 미안하고 고마워서 아무 말도 못하고 가만히 듣기만 했다. 지역 번호만 뜨면 쿵쾅쿵쾅 울려 대는 심장 소리와 긴장감에 잠 못 이루던 나날들, 아버지가 요양병원에 입원하기까지 수많은 일이 나를 지치게 했고 가족이라는 울타리는 나를 겁먹게 했다. 벗어나고 싶어도 벗어나지 못하는 가족, 도망쳤지만 그럼에도 불구하고 벗어날 수 없었다.

성인이 되고 간만에 집에 가면 풍겨 오는 썩은 냄새와 지저분한 집안. 누울 자리도 없어 온종일 청소하고 부랴부랴 다시 올라갔던 날들. 다시 내려오면 쓰레기로 가득한 집이 끔찍하게 싫었다. 갑자기 기분 좋다가 술 먹고 욕하고 소리 지르고 싸우고, 집에 모르는 사람을 데려오고, 수십 번씩 전화기로 들려오는 욕설이 지긋지긋했다. 고모는 그런 상황에서 우리가 벗어날 수 있도록 아버지를 요양병원에 모셨다.

아버지가 병원에 들어가고 나는 안도의 숨을 내쉬었다. 이제 전화로 욕설 들을 일도 없고, 불려 갈 일도 없을 테니까. 시간이 흐르면서 아버지는 점점 알코올성 치매로 퇴행해 가고 있었고, 나는 나이를 먹었다. 여유가 생기고 안정되면서 늙어 가는 아버지를 보니 안쓰러움이 들기 시작했다. 그렇게 미웠던 사람인데, 커서 보니 내가 몰랐던 힘듦도 많았을 거라고 이해하게 되었다. 점차 작게 쪼그라드는 아버지의 모습에 씁쓸했다. 그토록 무섭던 사람이 이제는 초라한 노인에 불과하니.

'어쩌다 저 사람은 저렇게 된 건가. 무엇 때문에 저렇게 변한 걸까?'

아주 어릴 적 환하게 우리를 안아 주던 기억이 있는데, 지금은 왜 저리 초라한지. 아이러니하게도 아버지는 기억을 잃으면서 우리와 화해했다. 용서가 쉽지 않았지만, 제정신이 아닌 사람에게 무슨 원망을 할 수 있겠는가. 시간이 흘러 점차 노쇠해 가는 아버지와 시간을 보내기 위해 대구 요양병원으로 모셔 왔다. 손주들을 떨리는 손으로 조심스레 잡고 '할아버지!'라고 외치는 소리에 웃으며 좋아하는 모습을 보며 결국 아버지를 미워하기보다 사랑한다는 것을 인정할 수밖에 없었다. 결국, 난 아버지의 사랑을 받고 싶었던 것이란 사실을 인정했다.

내가 부모가 되고 아이를 키우면서 아버지 관점에서 다시 생각하게 되었다. 아버지도 잘하고 싶었을 거란 생각이 들었다. 잘하고 싶은데 잘되지 않고 그 울분을 터트릴 곳도 없었다는 생각에 가여운 마음이 들었다. 엄마 없이 아이를 잘 키워야 한다는 책임감도 막중했으리라. 그렇게 여유라고는 조금도 없었던 아버지의 삶을 이해하기 시작했다. 혼자서 어린 두 딸을 챙겨야 했던 아버지의 그 무게를, 내 나이 마흔이 다 돼서야 이해하게 된 것이다. 그렇게 시간이 흘러 아버지에게 죽음이 다가왔다. 병원에서 아버지와 마지막 대화를 나누었다.

"아빠, 나는 왜 내가 잘못한 것만 생각나지. 미안해."
"아니야, 너는 잘못한 거 없어. 나한테 잘했어. 나한테 얼마나 귀중한 딸들인데…. 불쌍해. 참 예뻤어, 우리 딸들. 다 예뻤어. 아빠가 복이 없었어. 미안해."
"미안하긴 뭐가 미안해. 내가 철이 없었어. 아빠 힘들게 해서 미안해."
"철은 네 동생이 더 없었어. 툭하면 울어서 무슨 말도 못 했어."

호흡기를 낀 아버지는 가쁜 숨을 내쉬며 웃었다. 죽음을 앞둔 아버지의 손을 붙잡고 울고 웃으며 서로를 위로했다. 아버지도 자신의 마지막을 아는 것처럼 가쁜 숨을 내쉬며 끝까지 사랑한다며 잘 지내야 한다고 속삭였다.

"우리 딸들 잘돼야 하는데. 잘 살아야 해."
"우리 잘 살고 있어, 걱정하지 마. 아빠, 우리 키워 줘서 고마워. 사랑해."
"나도 고마워. 우리 딸, 고마워."

내일이 없는 아버지가 내일을 살아가는 딸에게 끊임없이 응원해 줬다. 그 말을 마지막으로 혼수상태로 이틀을 견디다가 떠나셨다.

띠-
띠-

신호음이 울리는 병실에서 끊임없이 사랑한다고 외쳤다. 마지막 말을 들은 듯 눈물을 흘리며 가신 아버지. 그렇게 우리 자매는 아버지를 하늘로 보냈다.

'아빠, 어린 시절에 환하게 웃으며 나를 안아 주던 아빠 모습이 내 소중한 첫 기억이야. 사랑한다고 말하고 아빠를 보내서 다행이야. 고마워. 힘들고 고단했던 인생 견뎌 내느라 고생했어. 다음 생은 사랑 많이 받고 누구보다 행복하게 잘 살아야 해! 나를 이 세상에 태어나게 해 줘서 고마워. 정말 고마워. 아빠 응원 잊지 않고 열심히 살게.'

결국 내가 글을 쓰고 싶었던 이유는 '아버지'였다.

어쩌면 아버지를 원망하는 글일 수도 있고, 어쩌면 아버지를 사랑하는 글일 수도 있지만, 이 글은 내 인생의 전부를 차지하던 아버지를 보내는 의식이다.

처음 글쓰기를 시작할 때 쓰고 싶은 글을 쓰라고 하면 생각나고, 막상 글을 쓰려고 하면 쓰지 못했던 아버지의 이야기. 나의 모든 시작이 아버지였고 나의 모든 짐도 아버지가 떠나면서 가벼워졌다. 어쨌든 다행이다. 아버지와 내 이야기의 끝이 화해라서, 정말 다행이다.

사랑하는 일을 하며
살아갈 권리

장다겸

프롤로그

맥이 탁 풀린다.

길어진 수업에 빨리 마쳐 달라 아우성치던 녀석들이 교실을 빠져나가고 시계를 보니 9시 반이다. 정신없던 하루를 증명하듯 책과 프린트물이 어지럽게 널브러진 책상이 눈에 밟힌다. 하지만 바삐 가도 집에 도착하면 족히 10시가 넘을 시각. 20개월 어린 둘째는 벌써 곤히 잠들었을 테지만, 엄마가 오는 것을 보고서야 잠자리에 드는 첫째 생각에 마음이 조급해진다. 종종 발걸음이 더디게 느껴지는 퇴근길. 도어락 소리에 마중 나온 아이를 힘껏 안아 준다. 엄마가 고픈 아이는 잠들기 전까지 재잘대다가 이내 잠이 든다. 모두가 잠든 늦은 시각, 냉장고에서 시원한 맥주 한 캔을 꺼내 허겁지겁 들이켠다. 결혼 전엔 배부르다며 꺼리던 맥주가 이토록 달 수가 있나? 맥주 앞에서 간사해지는 마음에 웃음이 난다.

정신없는 나날을 보내던 중 글을 쓰겠다고 용기를 냈다.

무모할지도 모를 용기가 어디서 났을까 생각해 보니 참 간단했다. 그저 좋아서다. 어릴 적부터 유난히 글쓰기를 좋아했던 나는 종종 작가가 되는 상상을 했고, 또 가끔 실행으로 옮기기도 했다. 라디오 DJ의 달콤한 목소리를 통해 내 사연이

전파를 탈 때면 가슴이 몽글몽글해져 밤을 지새웠고, EBS 문제집에 내 이름으로 기고된 수필 한 편이 실렸을 땐 가슴이 벅차올랐다. 비밀 일기장에나 적을 법한 이야기를 누군가와 함께 나눌 수 있는 우리의 이야기로 만들어 나가는 과정도, 내 안의 소리를 너무도 솔직해서 발칙하기까지 한 이야기들을 용기 있게 표출할 수 있다는 것도 너무나 매력적으로 다가왔다.

마흔이 넘은 나이, 새삼스레 과거를 더듬어 가며 글로 담아내는 여정이 녹록지는 않았다. 부족하고 모난 나를 드러내는 일이 마치 발가벗는 것 같아 익숙해지기 힘들었다. 그럼에도 사랑하는 가족과 소소한 일상을 소재로 내재되어 있던 나의 생각들을 묵묵히 담아내고자 노력했다. 나의 글이 누군가에게 따뜻한 위로와 울림이 되기를 진심으로 바라면서, 우리 모두 각자의 삶을 꽃피워 나가길 응원하고 싶다.

엄마와 딸

"엄마, 엄마! 나 부반장!"
"내가 뽑혔어."

문을 벌컥 열어젖히며 신발을 벗어 던지고는 엄마부터 찾았다.

"엄마, 내 말 들었어? 나 부반장 됐다고!"
초등학교 2학년 새 학기, 부반장이 된 나는 기뻐할 엄마의 모습을 상상하며 긴 내리막길을 한달음에 달려왔다. 엄마의 반응이 조금 이상했지만 작디작았던 가슴이 행복한 감정에 풍선처럼 부풀어 올랐던 날이다.

몇 달 후 2학기 개학을 앞둔 어느 날 엄마가 넌지시 물었다.

"겸아, 혹시 이번에도 반장 선거에 나갈 거야?"
"응, 나갈 거야. 이번엔 반장 되고 싶은데."
"있잖아, 겸아. 아직 동생도 어리고 엄마는 이번에는 네가 반장 선거에 나가지 않았으면 좋겠는데…. 엄마가 학부모회에 참석하는 것도 힘들고. 그러니까 이번에는 나가지 말자, 응?"

초등학교 1학년 겨울방학에 늦둥이 남동생이 태어나자 엄마는 내게까지 신경을 쓸 여유가 없었다. 산후조리를 도와줄 외할머니가 없었던 엄마는 출산 후 몸을 풀기도 전에 잔뜩 쌓인 기저귀를 빨아야 했고, 어린 나의 눈에도 충분히 힘들어 보였기에 엄마의 부탁을 외면할 수 없었다.

며칠 뒤 반장 선거, 잔뜩 몸을 웅크린 채 긴장하고 있었다. 평소 나와 앙숙이던 녀석이 어찌 된 일인지 나를 반장 후보로 추천했다. 하지만 후보가 되었다고 다 반장이 되는 건 아니니 입후보 연설 때 대충 얼버무리고 들어와야겠다고 생각했다. 그런데 어찌 된 일인지 부반장도 아니고 이번엔 반장이 되었다. 엄마의 표정이 어떨지, 난처한 표정을 지을 엄마를 상상하는 것만으로도 눈물이 날 것 같았다.

"선생님, 저 반장 못 해요."
"왜?"
"…."

목이 메어 말이 나오지 않았다. 엄마가 하지 말라고 했다는 말은 정말 하고 싶지 않았다. 반 친구들은 이해할 수 없다는 표정으로 연신 나를 쳐다보았고, 그런 친구들 앞에서 잔뜩 웅크린 내게 선생님은 매우 언짢은 표정으로 "평안 감사도 본인이 싫으면 못 하지."라고 하시며 상황을 정리하셨다.

땅으로 꺼지고 싶은 날이었다.

매년 새 학기가 시작될 때마다 밝고 친화력이 좋던 나는 반장 후보로 거론되곤 했다. 하지만 내가 반장을 하는 일은 없었다. 고등학교 1학년, 기대 반 걱정 반으로 부반장이라는 직책을 맡았다. 그런 반응일 거라 예상했지만, 엄마는 여전히 난감하다는 반응이셨다. 내 마음을 이토록 몰라 주는 엄마가 야속했다. 2학년이 되어 임시 반장이 되었고 아이들도 의례 나를 반장으로 잘 따랐다. 하지만 모두가 권유하던 그 자리도 결국 포기해야만 했다.

"민호야, 혹시나 떨어질 게 부끄러워서 안 나갈 생각은 아니지? 아주 멋진 경험이 될 거야. 적극적으로 참여해. 알았지?"

초등학교에 입학한 첫째 아이의 반장 선거를 앞두고 초보 엄마인 내가 아이에게 건넨 말이다. 반장 선거에 도전한 아이는 일곱 표밖에 받지 못했다며 아쉬움을 토로했지만, 아쉬움 가득한 그 얼굴조차 얼마나 사랑스럽던지 그저 대견했다. 그럴수록 내 기억 속 엄마가 오버랩되며 낯설게 느껴졌다. 선선한 바람이 불던 어느 날, 엄마와 함께 저녁을 먹던 중 넌지시 물었다.

"엄마, 민호가 이번에 반장 선거에 나갔어. 너무 기특하지 않아? 엄마 있잖아, 근데 나 어릴 때 반장 선거 나가는 거 왜 그렇게 싫어했어? 나한테 매년 하지 말라고 그랬잖아."

갑작스럽다고 생각할 테지만 언제나 궁금했던 진심을 이제 는 물어봐도 되지 않을까 용기를 내었다.

"엄마도 무서워서 그랬지. 내가 결혼을 일찍 해서 너를 낳았 잖아. 엄마는 진짜 아무것도 모르는데 너는 매년 그런 걸 맡 아 오지 선생님들은 자꾸 학교에 오라고 하지. 그리고 그때 는 육성회다 학부모회다 그런 걸 해야 하니까 엄마는 좀 부 담스럽고 무섭더라고. 어떤 선생님은 촌지를 요구하기도 하 고…. 아무튼 엄마도 니가 첫째다 보니 무서웠던 거 같아. 그 때 생각하면 미안하기도 하지."

생각지도 못한 답변에 형언할 수 없는 감정이 밀려왔다. 어 린 나에겐 사무치게 서운했던 순간이었건만 허탈하리만큼 쉽게 이해되며, 오히려 이른 결혼으로 너무 일찍 엄마가 되 어 버린 처지가 안쓰럽게 느껴졌다.

"나는 매 학기 엄마가 나가지 말라고 하니까 진짜 속상했었 어. 그냥 그랬다고…."

그렇게 아무렇지도 않다는 듯 함께 하던 저녁 식사를 마쳤다.

"잘 어울려?"

얼마 전 원피스를 사러 가셨는지 엄마에게 문자가 왔다. 사진 속 엄마는 꽃이 한가득 프린트된 화려한 원피스를 입고 있었다. 옷을 고르는 취향마저 정반대인 엄마와 나.

"아니, 별로야. 다음에 나랑 같이 사러 가자."

답장을 하고 며칠 뒤 함께 아울렛에 들러 엄마에게 예쁘게 어울리는 원피스를 다시 골랐다.

내가 세상에서 가장 사랑하는 우리 엄마.
비록 다른 점이 더 많은 엄마와 딸이지만 서로의 닮은 점을 찾아가며 그렇게 그려 갈 우리 모녀의 이야기가 세월에 버무려져 멋스럽게 익어가길 기대해 본다.

무쏘의 뿔처럼

"아기집이 보이네요."

임신 소식에 가족과 주변인들의 축하를 받으며 행복에 젖었다. 그러나 곧 임신으로 인한 현실적인 문제에 직면하게 되었다. 당시 나는 입시 강사라면 누구나 지원하고 싶어 하는 대형 학원에서 수업하고 있었다. 다시 말해 커리어를 몇 년만 더 쌓으면 한층 더 입지를 공고히 할 수 있는 상황이었다.

귀한 생명이 찾아온 것은 분명 감사한 일이었지만, 이 기회를 놓치면 안 될 것 같은 절박함도 있었다. 며칠 아니 단 몇 시간만이라도 아이를 돌봐줄 사람이 있다면 일을 그만둘 생각이 없었지만, 당시엔 누구도 내 편이 되어 주는 이가 없었다.

결국 임신 9개월까지 강의한 후 미련 가득한 강단을 내려와야 했다. 강의를 시작하면 보통 6시간 정도 내리 서 있는 경우가 많아서 오후가 되면 맞는 신발이 없을 정도로 발이 퉁퉁 붓곤 했다. 그럼에도 수업을 하고픈 마음이 간절했다. 퉁퉁 부은 발에 맞는 신발을 사기 위해 여러 가게를 돌아다니던 중 남편 앞에서 꺼이꺼이 서럽게 울음을 토해 냈다. 영문을 모르는 남편은 내가 마음에 드는 신발이 없어서 우는 줄 알았는지 그런 걸로 왜 우느냐고 너털웃음을 터트렸다. 어쩌면 강단으로 돌아올 수 없을지도 모른다는 불안감과 서러움에 감정이 복받쳤다는 것을 남편에게 이야기하지 못했다. 그렇게 나는 초보 엄마가 되었다.

태어난 아이는 너무나 사랑스러웠다. 내 새끼라서 그런 게 아니라 얼마나 예쁜지 내가 이런 아이를 낳았다는 것이 너무 신기했다.

많이 울기도 했지만 건강히 잘 자라 주었다. 사교성도 좋고 무척 사랑스러운 아이였다. 아이와 하루하루를 보내며 행복한 시간을 만들어 가기 위해 노력했다. 어린이집 엄마들과 열심히 소통하고, 놀이터에도 가고 산책도 하며 아이와 많은 시간을 함께했다. 행복한 나날이었다. 그런데 순간순간 헛헛했다. 이유 없이 외롭다는 생각이 들기도 했다. 그리고 그런 감정을 느낄 때마다 나쁜 엄마가 된 것 같아 자책했다. 그럴 때마다 육아 서적을 열심히 읽으며 마음을 다잡았다.

생활 계획표를 짜고 아이의 이유식을 손수 만들며 가계부도 쓰는 알뜰한 아내이자 성실한 엄마로서 하루하루를 보냈다. 하지만 그럼에도 찾아오는 정의할 수 없는 감정에 맞닥뜨릴 때면 내 감정을 애써 부정하기 급급했다. 무엇이 문제인지 알 수 없는 답답한 시간이 이어졌다.

첫째 아이가 네 살이 되던 해 우울증이 왔다. 남편은 좋은 사람이지만 정말 바빴고 내 감정을 헤아려 줄 여유가 없었다. 주변 사람들에게도 말하지 못했다. 어렵사리 고민을 이야기하면 모두 아이 키우는 순간을 즐기라고만 말했다. 내가 바보 같았다.

몇 년 후 경제적으로 조금 어려운 시기가 찾아왔고, 그제야 다시 일을 시작할 수 있었다. 집 근처 작은 학원에서 강의를 시작했는데 하루 고작 몇 시간이었고 페이도 많지 않았다. 아이가 4시쯤 하원했기 때문에 주어진 시간이 턱없이 부족했다. 하루에 한 시간 정도 시부모님이 아이를 돌봐 주셨다. 시댁은 당시 섬유공장을 운영했는데 퇴근 후 원단 더미에 앉아 나를 기다리는 아이를 보면 여지없이 마음이 흔들렸다.

'다른 사람들 말처럼 아이가 우선이 아닐까? 돈은 남편이 벌면 되고 엄마라면 아이를 위해 조금 더 희생해야 하는 것 아닐까?'

이러한 생각으로 늘 갈등했다. 하지만 내게는 분명한 목표가 있었고, 3년 뒤 계획대로 학원을 오픈했다. 내 방식의 교육 철학을 담아 학원을 운영하고 싶었던 꿈을 실행에 옮겼다. 원생이 한 명도 없는 상태에서 60평대 학원을 오픈했다. 하루하루가 절실했다. 늦은 시간까지 남아 상담하고 수업했다.

아이를 돌볼 여유가 없었다. 상담이 길어져 늦은 시간에 퇴근할 때면 엄마를 기다려야 하는 아이가 힘들어했다. 그땐 정말 어쩔 도리가 없었다. 길어진 상담에 녹초가 되어 강의실 문을 나오던 날, 웅크리고 앉아 울고 있는 아이를 보았다. 순간 억장이 무너져 내리는 듯했다. 그 작은 어깨에 내려앉은 아이의 고통이 처절하게 다가왔다.

'나의 절실함이 나의 욕심이 너를 힘들게 하고 있구나. 이렇게 끝없이 너에게 이기적인 엄마구나. 미안하다, 미안해.'

수십 번을 되뇌며 아이의 손을 잡고 퇴근을 서둘렀다. 저녁을 챙기고 잠자리에 들며 불을 껐다. 알 수 없는 울음이 터져 나왔다. 사무치는 미안함이 가슴에 각인되었다. 그냥 서러웠다. 긴 울음의 끝에 잠이 들었고 다시 새벽이 왔다. 눈을 떴다. 거울 앞에서 머리를 빗으며 애써 미소를 지어 보았다. 그렇게 하루하루를 이겨 냈다.

원생이 없어 휑하던 학원은 이제 아이들로 매일 북적인다. 그리고 일곱 살 작은 어깨를 들썩이며 엄마를 기다리던 아이가 어느새 열한 살이 되었다. 학교를 마치면 학원으로 와서 수업도 듣는다. 비록 공부하는 건 싫다지만 다행히 책 읽는 건 좋아하는 나의 보물이다.

엄마로서 고군분투하며 방황하던 그 시절의 나에게, 그리고 나와 같은 시간을 보내고 있을 누군가에게 나의 이야기가 조금이나마 위로가 되길 바란다. 대한민국에서 엄마라는 이름으로 살아가는 동안 수없이 많은 선택의 순간을 맞이하고, 정답이 없는 기로에 서서 방황하고 갈등할 테지만, 나의 꿈과 가족을 조화롭게 이끌어 나갈 수 있음을 믿으며 두려움과 시련 속에서 반드시 자신만의 꽃을 피우길 절절히 응원하고 싶다.

아버지

대구 수성구 만촌동 863-○○번지.
산 아래 돌계단을 배경으로 가파른 언덕배기 골목 안쪽에 있는 초록색 대문의 집.
내 유년기 시절은 이곳에서 보낸 추억으로 가득하다. 저녁 노을이 붉게 물들고 날이 어둑해지면 저쪽 골목길 어귀에서 부르릉 부르릉 소리와 함께 오토바이 한 대가 들어온다.

'우리 아버지다.'

골목에서 놀던 아이들이 하나둘 집으로 돌아갈 즈음 어김없이 퇴근하는 아버지를 따라 나도 집으로 들어간다.

내가 기억하는 아버지는 늘 부지런하고 청결하셨다. 매일 새벽에 일어나 출근하셨고, 퇴근 후엔 깨끗이 샤워를 마치고 식사를 하셨다. 누구라도 꾀죄죄한 얼굴이나 지저분한 옷차림으로 집에 머물 수 없었으며, 혹시나 급한 마음에 허겁지겁 숟가락을 들었다가는 불호령이 떨어지기 일쑤였다. 저녁 시간 아버지한테서는 늘 알싸한 오이 향 비누 냄새가 났다.

아버지는 재주가 많으셨다. 무엇이든 뚝딱뚝딱 만들고 고쳐

주셨다. 아버지가 나무를 재단해 무언가를 만들고 다른 것을 고치는 것을 보며 내 동생은 아버지를 '맥가이버'라고 부르기도 했다. 옥상에 텃밭을 만들어 채소나 과일 등 먹거리를 직접 키운 것도, 수석을 좋아해 계단이나 베란다에 항상 제각각 모양이 다른 수석이 가득했던 것도 아버지의 재주 덕분이었다. 그림을 가져오시기도 했고, 책이나 다양한 종류의 음악 CD나 여러 장르의 비디오로 책장을 채우시기도 했다. 이제 와서 생각해 보면 책을 좋아하고 글을 쓰며 행복해하는 나의 감수성 짙은 색채는 모두 아버지에게 영향을 받은 게 아닌가 싶다.

1990년대 후반 IMF로 온 나라가 휘청거릴 때 아버지에게도 경제적으로 무척 힘든 시간이 닥쳤다. 술을 드시는 날이 많아졌고, 어머니와의 관계도 급격히 나빠졌다. 당시 고등학생이었던 나는 아버지의 불안과 슬픔을 이해하지 못했다. 어머니와 다투는 날이 많아질수록 아버지를 원망하는 시간이 이어졌다. 아버지와 나 사이에 깊은 균열이 생겨 더는 되돌릴 길이 없는 그런 시간이었다.

아버지의 건강에 문제가 생긴 건 내가 갓 스무 살이 되었을 무렵이다. 평소 너무도 건강했던 아버지. 검사받기 위해 입원했건만 이틀 사이에 복수가 가득 찼다. 금식이라 물 한 모금 마실 수 없었던 아버지는 급격히 안색이 나빠지셨다. 어렸던 나는 병원에서 하라는 대로만 할 뿐 힘들어하는 아버지를 앞에 두고도 할 수 있는 게 없었다. 거즈에 물을 묻혀 아버지 입술을 닦아 주며 현실을 부정했다. 아버지는 늦은 시간까지 병원에 있느라 지친 기색이 역력한 나를 부르더니 또렷하게 말했다.

"너희 엄마 좀 불러라. 그리고 걱정하지 마라. 아빠 죽을까 봐 그러냐? 너 결혼하는 거 보고 손주 보고 죽을 테니 걱정하지 마라. 집에 가서 자고 내일 보자."

아직도 생생히 기억하는 아버지와의 마지막 대화.

다음 날 새벽 아버지는 심장마비로 세상을 떠났다. 그냥 멍했다. 장례식을 치르는 동안에도 나는 아버지의 죽음을 체감할 수 없었다.

낯선 아버지의 영정 사진 위로 매캐한 향이 계속 피어올랐고, 젊은 나이에 혼자 남겨진 엄마를 걱정하는 조문객들의 염려와 위로, 그리고 어린 동생을 걱정하며 내게 장녀로서 역할을 당부하는 조문객들의 이야기가 뒤섞여 그저 어지러웠다. 아버지의 죽음과 부재가 무엇을 의미하는지 당시 나는 알 길이 없었다. 발인을 마치고 집으로 돌아와 아버지의 유품을 정리하기 위해 서랍장을 열었다. 서랍장 가득 새 옷이 가지런히 놓여 있었다. 일하러 가실 땐 아까워서 입지 않으셨으리라.

'그래도 입지. 우리 아빠 이렇게 예쁜 옷도 많았는데 좀 입고 다니지.'

주르륵 눈물이 났다. 서글펐다. 아버지의 삶이. 아버지와의 이별이 얄궂어 나는 섧은 울음을 터트렸다.

사회인으로 성장하는 시간 속에서 종종 아버지를 생각했다. 경제적으로 독립하며 치열하게 견디는 동안 자주 아버지를 되뇌었다. 그리고 아버지를 조금씩 가깝게 느끼기 시작했다. 이해했다거나 하는 말은 쓰지 않겠다. 정말 아주 조금씩 삶에 대한 동질감을 느끼며 아버지에게 다가갔다는 것이 그나마 맞는 표현일 것이다. 나는 이토록 오랜 시간 가까울 수 없었던 아버지와의 간극을 뒤늦게나마 혼자서 채워 가고 있다.

시간이 지나야, 혹은 오랜 기간 숙성해야 해결되고 소화되는 일들이 있다. 아무리 애써도 그때는 되지 않는 것들이 분명히 있다. 나와 아버지에겐 이만큼의 시간이 필요했던 거다. 만일 살아 계셨다면 나는 아버지랑 소주 한 병쯤 거뜬히 마실 수 있는 딸이 되었을 텐데 시간이 야속하다는 생각이 들기도 한다. 어느덧 그 시절 아버지의 나이가 되어 버린 딸. 성묘하러 가면 아버지 산소의 잔디를 손으로 쓰다듬으며 항상 마지막 인사를 건넨다.

"아빠, 미안해….”

진심이 가닿을 때

"연락처 좀 주세요."

까만 눈동자가 맑은 남자였다. 짧은 머리에 부드러운 인상이 썩 마음에 들었다. 평소 같으면 무시하고 지나칠 일이었건만 그날은 왠지 한 번쯤의 일탈은 괜찮을 것 같았다. 그의 핸드폰을 받아 연락처를 입력하고 건네주었다. 그리고 나는 그의 연락을 받지 않았다. 사실 잊고 있었다. 하지만 이후 하루 한 번씩 꼭 전화나 안부 메시지가 오곤 했다. 문자도 전화도 응답이 없으니 기분이 상할 법도 한데 그 꾸준함이 가상하게 느껴질 정도였다.

늦은 수업을 마무리하고 교무실 의자에 풀썩 앉자마자 진동이 울려 댔다. 익숙한 번호가 뜨는 휴대폰 화면을 보며 조금 미안한 마음이 들었다. 어쩌자고 연락처를 줘서는 이 사달을 만들었는지 생각할수록 어이가 없었다. 내가 저지른 일이니 수습해야겠지.

"여보세요?"
"어, 전화를 받네요."

내가 받을 줄 몰랐는지 내심 놀란 목소리였다. 늦은 시간도 괜찮다면서 딱 한 번만 만나자던 그 사람, 그렇게 우리는 동네 앞 작은 카페에서 얼굴을 마주했다. 다시 만난 그는 웃는 모습이 예쁜 사람이었다. 병맥주 한 병씩 들고 시시껄렁한 일상의 이야기를 주고받았다. 군에서 제대한 지 오래되지 않았다는 그는 곧 다시 중국으로 돌아가야 하는 유학생이라고 자기를 소개했다. 어차피 중국으로 갈 사람이니 더더욱 인연이 여기까지인가 보다 했다. 그리고 다시 연락을 받지 않았다.

나중에 남편의 얘기를 들어 보니 연락받지 않던 그 시간 동안 실은 엄청 화가 났었다고 한다. 친구에게 푸념하며 이제 다시는 연락하지 않겠다고 단념하던 순간 기적처럼 내가 전화를 받았다고, 오기가 생겨 전투력을 다지게 되었다고. 끊어질 듯 이어지는 아슬아슬한 인연. 나는 쉽사리 남편에게 마음을 주지 않았다. 원래 그런 성격이었다. 그런 내가 남편에게 마음을 열었던 계기는 우습게도 김치볶음밥이었다.

당시에도 매일 늦은 시간에 수업을 마쳤던 나는 저녁 식사를 제때 할 수 없었다. 해치우듯 먹어야 하는 저녁 식사가 싫었다. 밤 10시가 훌쩍 넘은 시각까지 학원 앞에서 내가 마치기를 기다리던 그가 도시락 하나와 분홍색 케이스에 담긴 CD 한 장, 그리고 손 글씨로 쓴 쪽지를 주었다.

도시락 뚜껑을 열어 보니 잘게 썬 김치와 고기를 볶아 만든 김치볶음밥이 들어 있었다. 양념이 잘 배어 먹음직스러워 보이는 볶음밥 위에 균일하게 뿌려진 김 가루. 꽤나 정성 들여 만든 도시락임이 분명했다.

워낙 늦은 시각에 퇴근했기에 가끔 친구와 만나 밥을 먹기도 했지만, 대부분 혼자 밥을 먹어야 하는 순간이 문득문득 외로웠다. 그래서일까? 따뜻한 온기가 남아 있는 도시락이 무척 고마웠다. 함께 건네준 손 편지 내용도 잊지 못한다. 온종일 내 생각만 한다는, 그리고 자기 자신보다 나를 더 사랑한다는 절절한 고백이 담겨 있었다. 도시락의 온기처럼 따뜻했던 그의 진심에 나는 조금씩 마음을 열었다.

매운 음식을 좋아하는 나를 위해 함께 맛집을 찾아다니던 남편 덕분에 우리는 7년의 연애를 마치고 부부가 될 수 있었다. 결혼 후 나 때문에 매운 음식을 먹어야 하는 게 너무 힘들었다고 서스펜스급 반전을 선사했던 남편은 여전히 음식에, 먹는 것에 진심이다. 코로나를 앓은 후 후각이 예전 같지 않다고 말하지만, 오늘도 고기를 좋아하는 아이들을 위해 정성스레 고기를 구우며 따뜻할 때 어서 먹으라 성화인 남편.

진심을 담았다면 사소한 것으로도 마음을 전할 수 있다. 그

때 남편이 내게 유명 셰프가 만든 초밥 도시락을 사다 주었다면 나는 김치볶음밥을 받았을 때만큼 그의 진심을 전달받지 못했을 것 같다. 진심은 이렇게 작고 사소한 것들로부터 깊게 배어 나와 가닿는다. 오래도록 남편이 만든 음식을 먹을 수 있으면 좋겠다. 남편의 사랑이 담긴 음식이 나와 내 아이들의 마음을 단단하게 만들어 준다고 믿는다.

실패가 두렵다면

"리나야, 예쁘게 머리 묶고 친구들 만나러 갈까?"

어린이집 등원을 준비하며 아침마다 딸아이의 머리를 묶어 줄 때면 어김없이 오버랩되는 장면이 있다.

엄마와 딸아이가 거울 앞에 서 있다. 엄마는 정성스럽게 빗질을 하고 혹여나 아플세라 조심스레 머리 방울을 돌려가며 마무리한다. 그런데 딸아이 눈빛이 심상치 않다. 머리 손질이 끝났는데도 입술을 삐죽이며 움직이지 않는 아이. 학교 갈 시간이 다 되었는데 요지부동하는 아이를 보며 엄마는 속이 탄다. 무엇이 마음에 들지 않는지 망부석처럼 멈춰 시위하듯 서 있는 아이에게 몇 번이고 다그쳐 묻는다. 아이는 말을 하지 않은 채 머릿결 사이로 조금 삐져나온 머리카락 더미를 애써 정돈하려는 제스처를 취한다. 결국, 엄마는 머리 방울을 풀어 한 올도 삐져나오지 않게 머리를 다시 묶어 준다. 어릴 적 나의 이야기다.

완벽주의 성향이 강한 아이. 지금의 삶과는 거리가 먼 이 표현을 보며 누군가는 실소를 터트릴 수도 있겠으나 진짜로 그랬다. 과거의 나는 어떤 일이든 완벽하게 내가 계획한 대로 만들고자 했다. 그래서 주변 상황과 사람들을 위해 부단히 노력했고, 상대적으로 이상적인 환경과 관계를 위해 나 자신에게 엄격했다. 노력한 만큼 상황이 여의찮으면 실패한 듯 몰아붙이며 스스로 불행에 빠트렸다.

이제 와서 생각해 보니 나는 정말 겁쟁이였다. 실수와 실패를 맞닥뜨릴 용기가 없었고 부족한 것 천지인 나를 있는 그대로 사랑해 줄 견고함이 없었다. 살다 보면 노력해도 실패하거나 이루지 못하는 일이 생각보다 많다. 노력하면 다 이룰 수 있다는 말은 적어도 내 관점에선 거짓말이다. 다만 이루지 못했다 할지라도 도전했다면 그것은 끝이 아닌 또 다른 시작점이 될 수 있다.

제자 중에도 실패가 두려워 쉬이 포기하는 친구가 너무 많다. 실패했다고 생각하는 순간을 끝이라 생각해 자포자기하는 경우도 많다. 그렇게 힘든 싸움을 하는 친구들에게 늘 하는 얘기가 있다.

"우리가 가는 길이 늘 정답일 수는 없어. 우리에게 가장 필요한 건 어쩌면 틀릴 수 있는 용기일지 몰라. 틀리더라도 다시 시작하면 되니 실패가 아니야. 우린 실패한 것이 아니라 다시 풀어 갈 기회를 얻은 거야. 시간이 더 필요하다면 돌고 돌더라도 방향만 잃지 않으면 돼. 인생에 지름길은 없어. 조금만 아파하고 다시 시작하자."

누구보다 실수와 실패를 두려워하던 나였기에 힘주어 말할수 있다. 갑각류는 딱딱한 껍질을 가지고 있다. 이런 갑각류는 오직 탈피를 통해서 성장할 수 있는데, 딱딱한 껍질을 벗어 버리고 자신의 가장 유약한 모습을 드러낼 때 비로소 성장할 수 있다. 지난날의 내가 완벽함을 추구한다는 핑계로 다양한 기회를 스스로 박탈해 버리고 웅크리고만 있었다면, 이제는 날개를 펴고 좀 더 넓은 곳으로 떠나 볼 용기 있는 나비가 되고 싶다.

엄마가 미안해

"새로운 반은 어때?"
"괜찮은 편이야."

엄마와 잠을 청하겠다는 첫째 아이와 나란히 누워 꼼지락 발
장난을 쳐 본다. 일하느라 퇴근이 늦은 엄마를 늘 기다리는
첫째 아이의 마음을 생각하면 가슴 한편이 얼얼해진다. 이
렇게 둘이 함께하는 시간을 통해서라도 아이를 향한 엄마의
깊은 사랑이 고스란히 전해지길 바라는 마음은 욕심이겠지.

새 학기가 되어 궁금한 것이 많은 엄마와 이제 4학년이 되
어 미주알고주알 물어보는 엄마가 넌지시 귀찮아지기 시작
한 아들은 마치 평행선과 같은 대화를 이어 간다.

"요즘 점심은 많이 먹어?"
"응, 그래도 밥은 다 먹으려고 해."

"선생님은 어떠셔? 작년 선생님에 비해 어떤 것 같아?"
"고학년이라서 그런지 막 자상하시지는 않은데, 그래도 좋
으셔."

열심히 질문하는 엄마와 내심 엄마와 둘이서 보내는 시간이

좋은지 학교생활을 묻는 말에 그럭저럭 잘 대답해 주는 아이. 잘 시간이 한참 지났는데도 이야기가 계속된다.

"요즘 쉬는 시간에는 주로 뭐 하면서 시간을 보내?"
"응, 나는 책 읽어."

"응? 친구들이랑 놀지 않고?"
"응, 아침에 도서관 가서 책 빌리면 시간 안에 못 읽는 경우가 많아서 그걸 마저 읽거나 다시 보고 싶은 부분을 읽느라고 쉬는 시간에 책 읽어. 그러다 보면 2교시랑 3교시 쉬는 시간은 거의 다 가고, 뭐 나머지 쉬는 시간이 있으면 놀고 그래."

"그래? 그렇구나…."

순간 쉬는 시간에 혼자 책을 읽는 아이의 모습이 떠오르면서 교우 관계에 어려움을 겪는 건 아닌지 걱정되었다. 나의 표정을 읽은 듯 아이가 다시 말했다.

"엄마, 친구들이랑 문제 있거나 그런 거 아니야."

괜한 걱정을 하는 엄마를 위해 아이는 부연 설명을 했다. 자신은 책을 다 읽지 않으면 다음 내용이 너무 궁금해서 견딜

수가 없다고, 그래서 쉬는 시간 책을 읽는 거라고 말했다.

고작 초등학교 4학년인 아들 녀석이 엄마의 불안을 다독여 주었다. 늦은 시간까지 시시콜콜한 이야기를 나누다가 아이는 잠이 들었다. 자는 모습을 가만히 보고 있자니 시답지 않은 상상력을 덧붙여 불안감을 내비친 것이 부끄럽고 미안했다. 어쩌면 이제껏 내가 아이와 나누던 얘기들이 진정한 대화가 아닐 수도 있다는 생각마저 들었다. 우리의 대화는 그저 엄마인 내가 궁금한 것을 물어보는 일방적인 것이 아니었을까? 결국 아이가 조금 더 잘해 주길, 잘 자라 주길 바라는 욕심이 불안이라는 또 다른 모습으로 아이에게 전가되고 있었다는 생각을 하며 그날 새벽까지 잠을 뒤척였다.

오늘은 코로나 사태로 한 번도 볼 수 없었던 학부모 참관 수업이 있는 날이다. 기대감과 긴장감이 뒤섞인 묘한 기분으로 교실에 도착해 또래 친구들과 함께 영어 수업도 하고 국어 수업도 하는 아이의 모습을 지켜보았다. 손을 번쩍번쩍 들며 발표도 열심히 하는 씩씩한 녀석의 모습이 얼마나 대견하던지. 오늘 밤 아이와 나눌 대화가 이전과는 조금 다른 모습이길 바라며 집으로 돌아가는 발걸음에 희망을 실어 본다.

나의 일

"학교 기간제 선생님이라도 된다면 학원 강사보다야 낫지 않겠어?"

이십 대, 많은 지인이 내게 했던 말이다. 대학원 진학을 통해 학교 교사가 되는 게 미래를 보장받기에 좋지 않겠냐며 권유차 건넸던 말이지만, 한편으로는 내가 하는 이 일이 그들이 보기엔 좋은 직업이 아니라는 말처럼 들려 속상하기도 했다.

나를 믿어 주는 학생들, 그리고 그들과 오랜 기간 소통하며 일구어 내는 결과물이 소중했고, 또 한 사람의 인생을 바꾸어 놓을 수도 있는 것이 내 일이라 믿었기에 그들의 평가가 가혹하게 다가왔던 시절도 있었다.

2002년부터 강단에 선 나는 출근할 때 나름대로 최선을 다해 매무새를 다듬는다. 머리를 단정하게 묶고, 화장도 정성스레 한다. 늘어진 청바지나 티셔츠는 절대 입지 않는다. 수업할 때 아이들에겐 존댓말을 사용한다. 농담할 때는 사투리를 쓰기도 하지만 되도록 표준어를 사용하며, 어투에도 신경을 쓴다. 이 모든 것이 내가 가르치는 아이들에 대한 내 나름의 존중 표현이다. 이렇듯 나는 내가 하는 일을 무척이

나 소중하게 생각하고 사랑한다. 일은 내게 한마디로 정의
할 수 있는 정도의 무엇이 아니다.

"엄마, 좀 쉬었으면 좋겠어. 열도 많이 나는데…."

일에 매달리는 엄마가 아프기라도 하면 어쩌나 노심초사하
는 아이의 말에 제법 쿨한 척해 보지만, 사실 며칠 전부터 몸
살기가 있더니 단단히 고장 난 건 아닌지 내심 걱정되기 시
작했다. 목소리도 나오지 않는 상태로 밥 한 술 억지로 욱여
넣고 출근하려니 몸이 천근만근이다.

더운 날씨에 아이들이 빨갛게 익은 얼굴로 학원에 들어선다.

"안녕하세요?"

우렁차게, 수줍게, 깔깔대며 제각기 반갑게 인사를 건넨다.

"그래, 왔구나! 오늘 너무 덥지?"

아이들을 따라 나도 웃고 있다. 다정한 목소리로 안부를 건
네며 해맑은 아이들과 인사하고 수업하다 보면 어느새 아픈
것도 잊어버린다. 아이들의 목소리가, 상기된 얼굴이 내겐
쓰디쓴 약보다 효능 효과가 더 좋은 셈이다.

공부하기 싫다고 떼쓰는 녀석도 귀엽고, 숙제를 안 해 오는 녀석도 허허 우습다. 공부를 못해서 몇 곱절 더 가르쳐야 하는 녀석도 내겐 안쓰러움의 대상이다. 이런 넉넉한 마음이 어디서 왔는지 생각해 보면 오랫동안 한 길만 걸어오며 이 일을 사랑했기에, 저마다의 속도로 아이들이 잘 성장할 거라는 확신을 경험했기에 가능하지 않을까 싶다.

일은 나의 정체성을 형성해 주었다. 비록 끊임없이 변화하는 사교육 시장의 소용돌이에 휘청거리기도 했고, 그로 인해 늘 도전해야 하는 상황에 직면하는 것이 괴롭기도 했지만, 굳건히 버텨 낸 결과 지금의 내가 있기에 시간이 흐를수록 나의 일이 애틋하고 소중하다.

'사교육 전문가 장다겸.'

지금 이 순간 무심히 내뱉은 누군가의 말에 흔들리고 있는 이가 있다면 그러지 않아도 된다고 말해 주고 싶다. 내가 생각하는 더 중요한 가치에 집중하며 살다 보면 그 시간과 노력이 당위성이 되어 또 다른 가치를 만들어 낸다는 것을 나처럼 보잘것없는 사람도 증명해 내고 있지 않은가. 우리는 모두 사랑하는 일을 하며 살아갈 권리가 있다.

글쓰기 하길 참 잘했다

한마음

프롤로그

처음부터 나에게 관심이 많은 건 아니었다. 누구나 그렇듯 평범하게 하루하루를 살아왔고, 큰 고민 없이 당장 눈앞에 있는 일만 생각하며 지냈다. 두 아이를 낳고 알 수 없는 갈증을 느꼈지만 만족하며 그냥 보낸 하루들. 어느 날 갑자기 찾아온 가까운 사람과의 영원한 이별을 겪으면서 '인생이란 뭘까?', '어떻게 살아야 할까?' 삶에 대한 의문이 늘어 갔다. 잘 살고 있는 건지 마음이 답답해질 때가 많아지고, 그동안 정말 뭘 하고 싶은지 물어본 적 없었던 나에게 스스로 물어보기 시작했다.

'난 뭘 하고 싶지?'

새벽에 눈이 떠졌다. '집이 이렇게 조용한 시간이 있다니' 하며 스트레칭을 시작했다. 일과 육아로 바쁘게 지나가는 일상에서 온전히 나에게만 집중할 수 있는 시간을 찾은 것 같았다. 왠지 모르게 편안한 마음으로 여유 있는 시간을 보내고 나니 잠을 못 잔 건 생각나지도 않았다. 아이들을 재우러 갈 때면 새벽에 일어날 생각에 기분이 좋아졌다. 사 놓기만 했던 책들을 꺼내 읽기 시작했다. 평소 듣고 싶었던 강의도 수강하며 그렇게 글을 하나씩 쓰기 시작했다. 글쓰기는 일상과 하루를 정리하고 보람을 느끼게 해 주었다.

'글쓰기를 배워 보고 싶다.'

뭘 하고 싶은지 여전히 고민 중이지만, 우선 글쓰기를 배워 보기로 하고 공저 쓰기에 지원했다. 막상 시작할 땐 알 수 없는 부끄러운 마음이 들었다. 하지만 팀원들과 만나 함께 대화하며 서로의 인생을 공유하고 정리하는 시간을 통해 많은 것을 배웠다. 소소하지만 살아오면서 느낀 나의 인생을 정리하며 자신을 돌아보는 시간이었다고 말하고 싶다.

글쓰기 하길 참 잘했다.

나를 받아들이고 사랑하자

'한마음.'

내 이름이 싫었다. 평범하지 않은 이름. 어릴 때부터 이름이
예쁘다는 말을 참 많이 들었지만, 아직도 이름을 말하는 것
이 편하지 않다. 그리고 항상 따라오는 질문들.

'이름이 너무 예뻐요, 혹시 형제가 있나요?'
'오빠는 이름이 뭐예요?'
'한글 이름이에요?'

지금까지 천 번은 대답한 것 같은 대답들. 언제부턴가는 예
상되는 반응에 의미 없이 '감사합니다' 하고 넘어가기 시작
했다. 그리고 비슷한 질문이 시작되면 다음 질문이 나오기
전에 먼저 다 대답하고 마무리해 버렸다.

어릴 땐 첫 학기가 시작되면 수업 시간에 자주 불리곤 했
다. 선생님들이 잘 기억하는 이름이기 때문이다. 친구들도
한 번만 들으면 바로 외우는 그런 신기한 이름이었다. 그 덕
에 졸업 후 10년이 넘어 우연히 마주친 같은 반 친구도 내
이름을 기억하고 있었다. 갑작스러운 인사에 나는 선뜻 친
구의 이름을 기억해 내지 못했지만, 다정한 친구가 내 이름

은 외우기 쉬워서 안 까먹었다며 웃어 주는 덕에 고마웠다.

이름과 달리 나는 평범하고 조용하게 지내길 좋아하는 성격이었고, 항상 반에서 키도 성적도 평균인 아이였다. 친하게 지내는 친구들과는 재미있게 수다를 떨지만, 특별히 주목받고 싶지는 않았다. 오히려 누군가의 주목을 받으면 긴장해서 목소리가 떨리기 시작했고, 먼저 앞에 나가서 뭔가를 해 본 적 없는 그런 생활을 했다. 그러다 보니 이름만 말하고 나면 주목받는 상황이 불편했다. 오죽하면 엄마에게 이름을 왜 이렇게 지었냐고 불평하기도 했다. 그럴 때마다 엄마는 말했다.

"이름이 얼마나 예쁜데. 나중에 커서 이름을 바꾸고 싶으면 바꿔."

개명 절차가 어려운 것은 아니었지만 어른이 되어도 선뜻 이름 바꾸기가 쉽지 않았다. 개명 후에 해야 할 일들이 귀찮으니 그냥 살자는 생각으로 지냈다. 친구들이 수년간 '맘이~'라고 부르며 이뻐해 주는데 내가 이상한 게 아닌가 싶어 마음이 왔다 갔다 했다. 마음 한편으로 나를 스스로 아껴 줘야 한다는 죄책감을 느끼면서도, 반면에 앞으로 살날이 많은데 더 늦기 전에 바꾸는 게 좋지 않을까 고민하며 지냈다.

시간이 흘러 두 아이를 낳고 이름을 짓게 되었다. 남편에게 절대로 튀는 이름은 짓지 말자며 평범하고 무난한 이름으로 지었다. 그런데 아이들이 어린이집에 가기 시작하면서부터 같은 이름을 가진 아이들을 자주 만나게 되었다.

'아, 같은 이름이 많아서 싫을 수도 있겠구나.'

나중에 아이들이 커서 '이름 너무 싫어!' '엄마는 내 이름은 왜 이렇게 평범하게 지었어!'라고 말하는 건 아닐까 하는 걱정도 내심 들었다. 그동안 이름 때문에 불평했던 내 모습이 떠오르면서 엄마 마음이 얼마나 불편했을지 미안해졌다.

이름이 같다고 같은 사람이 아니며, 하나뿐인 이름을 가졌다고 특별한 것도 아니었다. 각자 특별하고 고유한 사람인데 그 다름을 받아들이지 못하고 부정했던 내 선입견을 깨달았다. 칭찬해 주는 것을 감사하게 생각하고, 내면이 더 특별한 사람이 되도록 한 번 더 생각하며 살자.

그리고 '한마음으로' 사랑하자.

행복을 찾아서

"행복은 뒤가 아니라 앞에 있어."

시간 여행을 할 수만 있다면 행복은 뒤에도 있을까? 지나간 일은 다시 돌이킬 수 없다는 걸 알지만 후회만 가득한 날을 보내고 있다.

중요한 시험 전날 '미리미리 공부했으면 좋았을 텐데' 후회하고, 다이어트한다며 실컷 참다가 폭식하고는 '안 먹었어야 했는데' 후회하고, 누군가에게 참지 못하고 안 좋은 말을 하고 난 뒤에는 '조금만 참을 걸 괜히 말했어'라며 후회의 발차기를 했다. 지나온 날에 대해 '~할 걸'이라는 후회가 뫼비우스의 띠처럼 반복되는 일상 속에서 인기 드라마 〈더글로리〉를 봤다. 한참 정주행하다가 한 선생님이 주인공인 동은이에게 하는 한마디가 마음에 와닿았다. 행복은 뒤가 아니라 앞에 있다는 말. 누군가에겐 스쳐 지나가는 대사였을지 모르지만, 갑자기 다가왔다.

'맞아, 지나온 일을 후회해 봤자 소용없어. 앞으로 행복해지기 위한 일을 해야 해.'

쓸데없는 고민에 힘들이지 말고 좀 더 긍정적이고 발전적으로 살자는 생각까지 이어졌다. 최근에 내가 후회하는 일들부터 정리해 보기 시작했다.

• 아침에 일찍 일어나지 못한 것
• 조금 더 부지런하게 살지 못한 것
• 늦은 저녁에 맥주를 마시고 잔 것
• 아이들에게 화낸 것

그런 다음 후회하는 일이 생기지 않도록 해야 할 행동을 적어 보았다.

• 아침에 일찍 일어나지 못한 것 → 자기 전에 다짐하기, 알람을 더 많이 설정하기
• 조금 더 부지런하게 살지 못한 것 → 휴대폰 보는 시간을 줄이고, 할 일부터 먼저 하기
• 늦은 저녁에 맥주를 마시고 잔 것 → 맥주 사지 않기
• 아이들에게 화낸 것 → 화내기 전에 차분한 목소리로 한 번 더 말해 보기

그리고 그날부터 당장 시작했다.

첫날이라 마음먹은 일을 지키려고 노력하면서 계획한 대로 일찍 일어나고, 책도 읽고, 아이들에게 기분 좋게 말했다. 밤

에는 모두 잠든 시간에 맥주 한 캔으로 하루를 마무리하던 습관을 이기고 물 한 잔 마시고 잠자리에 들었다. 맥주를 마시지 못해 아쉬웠지만 다음 날 아침 몸이 가벼워진 듯한 느낌에 기분이 상쾌했다.

후회만 하던 일들을 줄여 나가니 스스로 성취감이 들고, 기쁜 마음이 생기니 조금씩 마음의 여유도 생기기 시작했다. 아이들에게 화를 내는 횟수도 줄어들면서 서로 예쁜 말을 주고받게 되었다. 갑자기 화를 내더라도 얼른 정신을 차리고 과하게 화낸 행동에 대해 진심으로 사과하며 행동을 고쳐 나갔다. 그동안 뭐든지 척척 잘 해내고 싶은 마음에 완벽하게 해내지 못하면 스스로 힘들게 했던 나에게 그럴 수도 있다고 다독이며 후회보다는 앞에 있는 행복을 찾기 위해 오늘도 나아가고 있다.

진심으로 대하기

대학원에 진학한 후 같은 과에서 만난 선배와 일찍 결혼해 미국으로 떠나게 되었다. 결혼 준비와 출국 준비로 너무 바빴고, 긴 장거리 연애를 하다가 같이 살게 되어 기대감에 부풀었다. 사랑하는 사람과 함께할 수 있어 행복했다. 미국에서의 새로운 생활에 잘 적응했지만, 한국과 시차가 너무 큰 탓에 친구들과 자주 연락할 수 없었다. 가끔 연락해도 시간이 맞지 않아 근황만 짧게 이야기하고 지나가 버렸다. 한 번씩 친구들이 모였다는 소식을 들으면 나도 모르게 부럽고 보고 싶다는 생각이 들었다.

미국 생활을 마치고 한국에 돌아온 후에는 곧 아기가 생겨 육아하느라 더욱더 만나기 힘들어졌다. 그 당시 결혼하지 않은 친구가 많았는데, 그러다 보니 모임에 아기 데려가기가 힘들었고 체력도 부족했다. 다행히 부모님이 육아를 많이 도와주셨지만 다시 일을 시작하면서 계속 바빠지기만 했다.

점점 친구들과 멀어진 것도 아닌 안 멀어진 것도 아닌 느낌.

어느새 나도 친구들도 서로의 경험이 달라지면서 공감대도 달라지는 걸 느꼈다. 살기 바빠서 친구들에 대해 생각할 시간도 줄어들고, 아이들을 두고 외출하기도 빠듯했다. 늘 마음 한구석에 '친구들이 보고 싶다', '그때가 그립다'라는 생각이 들었다. 점점 친구들을 만나기보다는 동네 엄마들과 자주 만나고, 나의 이야기보다는 아이들 커 가는 이야기나 공부 이야기들을 주로 나눴다. 고민거리도 굳이 말하지 않는 게 좋다는 생각이 들면서 성격이 점점 소극적으로 변해 갔다. 그렇게 하루하루 지나갔다. 어느 날, 어릴 때부터 친하게 지내던 새벽이라는 친구와 통화하게 되었다.

"어, 새벽아. 오랜만이네."
"마음아, 그냥 전화해 봤어. 잘 지내지? 언제 시간 내서 보자."

다음 날 집에 돌아가는 길에 시간이 났다. 전화번호 목록을 살펴보다 보니 새벽이 연락처가 있었다. 전화를 걸었다.

"지금 뭐 해? 그냥 보고 싶어서 전화했어."
"아, 잘했어."

둘이 통했는지 웃음이 났다. 갑자기 고등학교 시절이 떠오르며 그때 자주 먹던 떡볶이를 먹고 싶다는 이야기부터 결혼생활, 육아에 대해 오랜만에 실컷 수다를 떨었다. 점점 연락하는 횟수가 늘어나고 부담 없이 통화하게 되었다. 자주 연락하다 보니 나는 새벽이에게, 새벽이는 나에게 고민거리를 편하게 말하며 서로 이야기를 들어 주었다. 각자 상황이 달라도 귀 기울이고 진심으로 대답하다 보니 서로에게 공감할 수 있었고 대화도 편하게 했다. 그동안 말하고 싶어도 말을 아끼며 지냈는데, 예전처럼 자연스럽게 말하고 나니 마음도 편해졌다.

'아, 그냥 그 자리에 있구나.'

멀어진 것 같다고 생각했던 친구들은 거기 그대로 있었다. 그동안 나 혼자 괜히 머뭇거리고 걱정하며 조심했다는 생각이 들었다. 진심을 말하면 되는 거였는데. 그러면서 친구들이 보고 싶을 때 먼저 연락하기 시작했다.

"뭐해? 잘 지내고 있지?"
"언제 시간 내서 보자."

아무 용건이 없어도 어떻게 지내는지 궁금해서 연락하고, 보고 싶다며 약속 날짜를 정하자고 했다. 시간이 안 되면 다음에 보면 되고, 목소리만 들어도 반갑고 재미있었다. 아이들도 점점 자라고 자유 시간도 조금씩 늘어나면서 친구들을 종종 만났다. 말로 표현할 수 없는 뭔가가 다시 채워지는 기분이 들었다.

'이 세상에 내 이야기를 편하게 할 수 있는 사람이 몇 명이

나 될까?'

나의 엉뚱하고 미성숙했던 어린 시절부터 알고 있는 내 친구들. 그땐 왜 그랬을까 웃으며 지나갈 수 있고, 만났을 때 편안함을 느낄 수 있는 사람. 난 친구가 필요한 사람이고, 내 친구들이 좋다. 혹여 오해가 생겨도 솔직하게 말하고 풀고, 지나고 나면 추억으로 생각할 수 있는 그런 관계가 되고 싶다. 그러려면 나부터 친구들을 진심으로 대하며 존중해야 한다는 걸 알아 가며 노력하고 있다.

그럴 수도 있지

"너 파마했지! 이리 와."

곱슬머리였던 나는 중학교 교문을 들어서며 선생님한테 오해를 받아 잡힌 적이 많다. 학교 교칙인 귀밑 3cm 단발머리를 아침마다 드라이기로 펴고 등교했지만, 비 오는 날엔 금방 원상 복구되어 파마처럼 보이는 머리 때문에 복도에 서 있다가 이유 없이 머리를 맞고 억울해 운 적도 있다.

그러다가 드디어 곱슬머리를 생머리처럼 펼 수 있는 기술이 생겼다며 미용실을 하던 친구 엄마가 머리를 해 주신다고 했다. 곱슬머리 때문에 스트레스를 많이 받는다는 이야기를 들으셨는지 특별히 꼼꼼히 펴 준다며 두 번이나 반복해서 머리를 폈다. 덕분에 머리는 찰랑거리며 윤기가 나는 생머리로 변신했다. 생전 처음 가져 본 머리 스타일에 너무 기분이 좋았다.

며칠 뒤 수업 시간에 머리를 쓸다가 이상한 느낌이 들었다. 손에 머리카락 한 뭉텅이가 빠져 있었다. 머리에는 땜빵이 난 것처럼 삐죽삐죽 구멍이 생겼다. 알고 보니 신경 써 준다고 여러 차례 핀 머리카락이 손상되어 끊어진 것이었다. 어린 마음에 며칠 전 감사하던 마음은 어디 가고, 어떻게 이럴 수 있냐며 원망하는 마음만 가득해졌다. 그 뒤로 미용실에만 가면 예민해지고 머리가 조금이라도 이상하면 기분 나빠지는 상태가 지속됐다.

"더 나이 들면 곱슬머리인 게 신경 쓰이지 않을 거야."
엄마의 말뜻을 그땐 알지 못했다. 내 마음에 드는 머리를 찾기 위해 미용실을 다녔지만, 번번이 실패했다. 자연스럽고 굵은 웨이브 스타일을 생각했지만 그건 고데기로 만든 머리라는 미용사의 말에 고데기를 구매했다. 처음엔 어색했지만 조금씩 내 마음에 들게 머리를 손질할 수 있게 되었다. 스스로 손질하게 되니 이제는 미용실에서 어느 정도만 머리가 나와도 괜찮다는 마음이 들기 시작했다.

'예전에는 왜 그렇게 머리에 예민했을까?'
어릴 때는 아는 것도 없고 잘할 줄도 몰라서 그저 남이 해주는 대로 했다. 그러다가 생각한 대로 안 되면 혼자 해결할 수 없음에 화가 났다. 나이가 들고 점점 할 줄 아는 게 늘어나면서 예민하던 성격에 여유가 생기고, 잘 되지 않더라도 내가 하면 되니 '그러려니' 하며 넘기기까지 했다. 마음 그릇이 점점 커지는 게 느껴졌다. 이젠 미용실에 가는 게 두렵지 않은 나이가 되었다. 예민함이 가끔 나타날 때면 다시 한 번 마음속으로 외쳐 본다.

'그럴 수도 있지. 지나고 나면 별일 아니야.'

하고 싶은 일을 하자

[비밀번호 찾기]
문제: 내가 존경하는 사람은?
정답: 에디슨

어릴 때부터 과학이 재미있고 에디슨이 너무 대단해 보였다. 그런 까닭에 비밀번호 찾기에 나오는 '내가 존경하는 사람은?'이라는 질문의 정답은 언제나 에디슨이었다. 공대에 진학하고 적성에도 잘 맞았지만, 막상 시간이 지나 졸업할 때쯤엔 당시 유행이던 공무원 시험을 준비했다. 일어나면 독서실에 가서 밤까지 열심히 공부했다. 두 달이 지나고 진도도 점점 나갔지만, 머리에 잘 들어오질 않았다. 어쩌면 당장 취업하고 싶지 않아 현실에서 도피하고 있는 건지도 모른다는 생각이 들었다.

'내가 하고 싶은 일이 정말 이걸까?'

하루 날을 잡아 곰곰이 고민해 보았다. 진짜 하고 싶은 일이 무엇인지 생각해 보기 시작했다. 대학 생활 중 실험하는 게 재미있었고, 연구하는 사람이 되고 싶다고 결정했다. 마침 연구원에서 일하는 선배가 있어 다음 날 약속을 잡았다. 그곳에 취직하려면 어떻게 해야 하는지 물어보았다. 대학원에 가야 한다는 말에 학교를 알아보고 모집 시기를 조사했다. 운이 좋았는지 마침 모집 기한이었고 마감이 얼마 남지 않아 빨리 진학을 결정해야 했다. 처음엔 부모님이 반대했지만 내가 결심하고 정한 거라 흔들리지 않았다.

대학원 생활은 8시 반 출근, 밤 10시 퇴근, 그리고 주말에도 실험하고 공부해야 했다. 많은 시간을 학교에서 보냈지만 하고 싶어서 시작한 일이라 행복했다. 하지만 졸업과 동시에 결혼하고 아이를 낳으면서 집과 동네에만 머무르게 되었다.

'난 공부를 더 하고 싶은데….'

남편은 하고 싶은 일을 해 보라며 공부를 더 하고 싶다는 말에 응원해 주었다. 다시 시작한 학교생활. 육아하느라 잠을 못 자도 수업을 들으러 가는 길이 얼마나 즐거운지 노래를 크게 틀고 차를 달렸다. 연구실에 가면 늘 행복했고, 마지막 학기엔 둘째를 임신하고 만삭이 된 상태로 졸업 발표를 했다.

"배가 이렇게 부른데 힘들지 않아?"
"이렇게 학교 다닐 수 있다는 게 행복해요."

가족의 도움으로 공부도 하며 내가 원하는 일을 한다는 게 고마웠고 힘든 것도 몰랐다. 졸업한 후에는 바로 연구원으로 근무하게 되었다. 꿈꾸던 일을 하게 되자 성취감과 행복감이 따라왔다. 그래도 일과 육아를 병행하기는 쉽지 않았다. 가끔 일이 몰릴 때면 고민이 됐다.

'에휴, 둘 다 제대로 해내지 못하는 거 아닌가.'

이런 마음이 들다가도 일하러 가면 기분 전환이 되면서 앞으로 어떻게 해야 계속할 수 있을지 스스로 찾아본다. 역시 하고 싶은 게 있으면 힘들어도 극복할 수 있고 할 수 있단 걸 느꼈다. 일하러 가는 길에 있는 수많은 공장 사이를 지나며 또 계획을 세워 본다.

'나중에 이런 공장도 갖고 싶어. 뭘 준비해야 할까?'

글을 써 보자

"블로그 한번 시작해 봐. 꾸준하게 글을 쓰면 재미도 있고 수입도 얻을 수 있어."

책 읽기는 좋아하지만, 글을 쓴다는 건 생각해 본 적이 없다. 블로그를 하던 친구의 말에 가벼운 마음으로 시작했다. 우선 일상부터 간단하게 적어 보았다. 부끄러운 마음에 비공개로 일기나 나의 다짐을 적고 다음 날 다시 읽어 보았다.

'어제는 이런 생각을 했네?'

지난 일기를 읽는 기분이 들었다. 사진을 하나씩 첨부해서 올린 날은 휴대폰에서 사진을 지우더라도 블로그에서 다시 볼 수 있었다. 그렇게 일상이 기록으로 쌓였다. 그동안 글쓰기라곤 학교에서 논문 쓰는 일이 전부였는데, 새로운 글쓰기에 재미가 붙었다. 점점 습관처럼 하루에 한 개씩 정리해 나갔고, 그러다가 조회 수가 많아지는 날에는 '글을 잘 적었나 봐' 하며 뿌듯해졌다.

대학원에서 논문을 쓰는 이유는 연구를 정리하고 다른 사람에게 잘 전달하기 위해서다. 기록하지 않고 지나가 버리면 그냥 사라져 버리는 데이터일 뿐이다. 문득 글쓰기는 무언가를 정리하고 기억하기 위해 꼭 해야 하는 일이라는 생각이 들었다.

'글을 쓴다는 건 나를 돌아보고 생각을 정리하는 일이었어.'

그때부터 잘하든 못하든 계속 적어 보자는 생각이 들었다. 그렇게 마음먹으니, 주변에 있는 모든 일이 주제였다. 생각이 떠오르면 메모하고 틈날 때마다 덧붙여 글을 완성했다. 그냥 지나가 버리는 아이들의 일상도 하나씩 하나씩 사진과 그날의 일을 기록으로 남기기 시작했다. 100일이 되고, 200일이 지나고, 지금까지 400일이 넘는 시간 동안 네 권의 일기장을 만들 수 있었다.

'꾸준히 쓴 글이 쌓여 이렇게 책이 될 수도 있구나!'

아이들도 엄마가 남긴 글과 사진을 보며 예전 기억을 떠올린다. 그러다 보니 이 일기장이 우리 집에서 제일 자주 꺼내 보는 책이 되었다. 아직 나의 깊은 이야기를 꺼낼 자신은 없지만 언젠간 마음속 깊은 생각을 꺼내 한 권의 책을 써 보고 싶다. 한 줄이라도 한 단어라도 꾸준히 적다 보면 언젠가 나의 책이 완성되지 않을까?

나를 돌아보는 시간

'인생은 뭘까?'

누구나 큰일을 겪고 나면 변한다. 가까운 사람의 죽음으로 인해 조용했던 삶에 생각과 가치관을 깊이 돌아보게 되었다. 지금도 쉽게 말하기 힘들고, 갑작스럽게 찾아온 일이기에 더 충격이 컸다. 평범한 하루를 보내고 아무 준비 없이 마지막 인사조차 하지 못하고 떠나 버렸다. 그저 손을 잡고 기적이 일어나기를 바랐지만 다신 볼 수 없는 마지막 모습이 됐다. 힘겨움에 한동안 새벽에 잠들기 힘들고 그저 허무함만 느껴졌다. 누구에게나 일어날 수 있는 일이란 생각이 들었다.

'난 후회 없이 살 수 있을까?'

시간이 흘러가는 대로 달려온 인생인데, 당장 죽어도 후회 없이 살았다고 말할 수 있으려면 무얼 해야 할까. 계획한 대로 마음대로 되지 않는 일로 불평하며 시간을 보내다가 마지막 순간이 와서 떠나게 된다면 너무 아쉬울 것만 같았다.

'그래, 내 이별을 준비해 보자.'

새벽을 조용히 책을 읽고 조용한 명상 영상을 틀고 생각하는 시간으로 정했다. 잠투정이 심한 둘째가 깰까 봐 다른 방에 가지 못하고 안방 화장실 사이에 책상을 두고 얇은 커튼을 쳐 공간을 만들었다.

당장 취업이나 내일 할 일이 아닌 깊고 긴 인생 설계를 시작했다. 엄마로서 최선을 다하고 싶지만 일도 잘하고 싶은 마음이 컸다. 그렇지만 아이들이 어려서 누군가에게는 의지해야 했다. 운동하러 갈 시간도 없어서 그런지 체력이 점차 떨어지고, 저녁이 되면 피곤으로 너무 지치고 힘들었다. 소중한 시간이 그냥 이렇게 지나가는 것 같다는 생각에 더욱더 새벽에 일어나 명상하는 시간을 가졌다.

하루를 돌아보는 온전한 내 시간을 가지게 되면서 당장 해결되지 않을 일에 안달할 필요가 없다는 걸 느꼈다. 안달하고 후회하기보다는 주어진 시간에 만족하며 부지런하게 살면 된다는 생각이 점점 단단해졌다.

'몸도 마음도 건강한 게 제일 중요해.'

건강하기 위해 밥을 잘 챙겨 먹고, 수시로 스트레칭을 했다. 책 읽을 수 있는 시간이 없다고 불평했지만 수시로 옆에 책을 두고 한 페이지라도 읽고 넘겼다. 이렇게 다짐하며 지내다 보니 두려운 것도 없어지고 뭐든지 시간만 나면 해 보는 버릇이 생겼다. 벅찰 때는 조금씩 쉬어 가고, 힘들 땐 가족이나 친구들에게 기대기도 한다.

'가끔 쉬어도 괜찮아, 다시 하면 돼. 파이팅!'

조급해하지 말고 쉬어 가더라도 멈추지 말자고 다짐하며 내 인생을 응원한다. 잘하고 있고, 힘들어도 열심히 살아 보자고, 너는 할 수 있다고 말해 주고 싶다.

'첫'만 해 보자

'아, 사람이 이렇게 잠을 안 잘 수 있구나.'

서른 살, 첫째가 태어나고 두 시간 간격으로 우는 신생아를 돌보며 이런 생각이 들었다. 아기는 낳아 봐야 안다는 말을 실전 육아를 하면서 깨달았다. 어떻게 앉기만 하면 잠드냐는 말을 들었던 잠순이였지만, 아이가 아픈 날이면 졸다가도 눈이 번쩍 뜨여 열을 재고, 새벽에 해열제를 사러 편의점에 뛰어갈 땐 우사인 볼트보다 빠르게 달렸다.

육아를 할수록 점점 지치고 혼자서 아이를 데리고 밖에 나가는 건 상상도 하기 힘들던 내게 다가온 어린이집 엄마들. 다들 언니라 더 의지도 됐고, 저녁을 걱정하면 집에 가자고 먼저 말해 줬다.

"우리 집에 가서 놀다가 밥 먹고 가."

밥을 얻어먹고 편하게 놀다가 인사하고 돌아가는 길도 피곤했다. 나는 하는 일도 없이 피곤하고 모든 게 버거운데, 씩씩하게 아이들을 데리고 여러 개의 일정도 거뜬히 소화해 내는 언니들의 모습에 대단함을 느꼈다.

"아유, 그냥 대충 넘어가도 돼."
"아이고, 예쁘다. 내 새끼들."

털털하게 육아하며 밝고 씩씩하게 잘 키우는 모습을 보니 나
도 할 수 있지 않을까 용기를 내게 되었다. 혼자 아이 둘을
데리고 마트에 가 보기로 했다. 두렵고 막막한 첫 도전이었
지만, 꼭 필요한 준비물이었기에 가야만 했다.

"마트 갈 사람?"
"나! 나!"

나가자는 말에 신난 아이들이 기분 좋게 옷을 입기 시작했
다. 신발을 신고 주차장으로 향하면서 걱정과 달리 조금씩
마음이 편해졌다. 밖은 이미 어두워진 밤이었다. 밤늦게 차
를 타고 나온 게 신기하고 즐거웠는지 아이들이 뒷좌석에서
귀엽게 수다를 떨었다.

"어, 저기 경찰차도 있고 트럭도 있어."
"하늘에 있는 달이 우리를 따라오나 봐."

사이 좋게 이야기하는 모습에 웃음이 났다. 그동안 내가 너
무 겁을 내고 있었다는 생각이 들었다. 아이들이 나를 힘들
게 하리라고 생각했는데 아니었다. 약간의 고비는 있었지만

성공적으로 준비물을 사서 집으로 돌아왔다.

잘 다녀왔다며 역시 뭐든지 처음이 어렵지 다음에는 어디 여행이라도 갈 수 있겠다며 경기도에 사는 친구에게 연락했다. 보고 싶은 친구지만 거리가 멀어 만나기 힘들었고, 아이를 데리고 올라간다면 같이 볼 수 있겠다는 생각에 첫 기차 여행을 했다. 아이들과 함께 기차를 탄 게 처음이었지만 잘 올라갔고, 아쿠아리움과 공원에도 가서 즐겁게 놀다가 내려왔다. 점점 자신감이 생겨 제주도로 여행을 떠났다. 운전해 본 적 없는 곳이라 조심스러웠지만, 겁먹지 말고 한번 해 보자는 마음으로 아이들과의 추억을 쌓고 왔다.

일정이 맞지 않아 못 갔던 곳도 혼자서 데리고 다니다 보니, 남편 없이는 막막하게만 보이던 육아를 이제는 혼자서 척척 해내게 됐다. 이런 모습에 남편도 내가 피곤해하거나 힘들어할 때면 아이들 데리고 놀다 올 테니 쉬라며 서로 맞춰 가게 되었다. 모두 나간 집에 조용히 누워 있으면 다시 에너지가 충전됐다. 이런 엄마의 행동에 아이들도 더 밝아지고 도전하게 되었다.

"엄마, 한 번만 해 보면 돼. 처음이라서 그래."

끝까지 마무리하는 힘

"성실한 삶은 책임감 있는 삶이며, 책임감 있는 삶은 의미 있는 삶이다."
- 존 루서

처음엔 끝까지 해낼 거라 자신하며 시작한다. 그렇게 시작한 모임과 강의들. 한 주 한 주 지나면서 긴장이 풀리고 마음도 붕 뜨면서 피곤한 날에는 다음 날로 넘기곤 했다.

'하루 1시간 100만 원, 왕초보도 가능한 2주일 전자책 작성 방법을 가르쳐 드립니다.'

우연히 보게 된 광고를 타고 전자책을 써 보고 싶은 마음에 온라인 강의를 신청했다. 강의를 듣고 주어진 미션을 수행하면 개인 랭킹이 매주 게시되는 시스템이었다. 매일매일 미션을 완료하다 보니 연속 1위와 강의 100% 수강 완료라는 결과를 얻을 수 있었다. 몇 주가 지나자 같이 시작한 그룹 수강생들의 참여도가 점점 낮아지는 게 눈에 띄었고, 그럴수록 끝까지 강의를 들으며 1위를 유지하고자 최선을 다했기에 더욱 뿌듯했다.

'완강을 축하드립니다. 4번째 완강자.'

'어? 수강 인원이 200명이 넘는데 내가 네 번째 완강자라고? 다 듣는 사람이 많이 없구나.'

배운 내용으로 전자책을 쓰면 금방 부수익을 낼 수 있을 줄 알았다. 책을 쓰기 위해 컴퓨터를 켰지만, 생각보다 쉽게 쓰이지 않았다. 천천히 쓰자며 자꾸 미루기 시작했다. 다음 달까지 완성한다고 했다가 내년까지 완성하기로 다짐하며 기약 없는 전자책 작업을 이어 갔다. 하지만 실제로 작성한 글은 다음 날에도 그다음 날에도 큰 진전이 없었다. 부끄러운 마음도 들었지만 그렇다고 누가 지켜보는 것도 아니니 어느새 잊혀졌다. 언젠가는 완성할 거라는 마음으로 1년이 그냥 지나가 버렸다.

그런데 훨씬 늦게 강의를 듣기 시작한 사람이 강의를 다 듣고 얼마 안 되어 책을 완성했다며 전자책 링크를 공유해 주었다. 링크를 타고 들어가 둘러보며 '그냥 그렇네, 그래도 이 사람은 빨리 썼네' 생각하면서 약간의 반성과 다짐을 한 후 그냥 지나갔다.

"강사님, 저 올리자마자 100만 원어치 판매했어요!"

어제 별로라고 생각했던 책이 큰 수익을 내는 걸 보며 부러움과 동시에 나에겐 끝까지 해내는 힘이 없다는 걸 깨달았다.

그저 강의를 먼저 다 들은 것으로 자만하고 뭔가 해낸 것 같은 착각에 빠져 있었다.

'아, 이게 핵심이구나.'

뭐든지 안다고 생각하고 넘어가고, 끝까지 해내지 못했지만 다 해낸 것 같은 근거 없는 자신감만 가지고 살아온 과거가 떠오르기 시작했다.
'오늘은 무조건 끝낸다!'

아침부터 도서관에 가서 참고문헌을 꺼내 와 읽고 요약하며 나만의 전자책을 완성했다. 부족한 점도 많아 보였지만 어떻게든 끝낸다는 생각으로 작성하고 업로드했다. 두 시간 뒤 메시지가 왔다.

'전자책이 승인되었습니다.'

이렇게 금방 할 수 있는 거였는데, 그동안 미루고 미루던 날들을 다시 돌아보며 뭐든지 끝까지 해야 결과 또한 따라온다는 걸 느낀 날이었다. 다음 날 책이 한 권 판매되었다. 그 뒤로 지금까지 20만 원 정도의 수익을 냈다. 인생은 선택의 연속이라고 한다. 나에게 선택은 늘 쉽고 간단했다. 하지만 선택에 책임을 다하고 끝까지 해내는 태도가 부족했다. 이제는 모든 일을 끝까지 마무리하는 자세로 책임감 있고 의미 있는 삶을 살고자 노력한다.

'나는 뭐든지 끝까지 해내는 사람이 될 거야!'

글쓰기는

글을 쓰는 사람을 위해 가장 먼저 쓰입니다

기록디자이너 윤슬

어쩌면 당신의 이야기

'나다움'을 향한 다섯 가지 방법

초판 1쇄 2023년 12월 10일
글 김채영·박지윤·여원·장다겸·한마음

발행인 김수영
발행처 담다
교정교열 김민지
출판등록 제25100-2018-2호
주소 대구광역시 달서구 조암로 38, 2층
메일 damdanuri@naver.com
T. 070.8262.2645